EL LENTO ASCENSO DE CLARA DANIELS

CHRISTY ENGLISH

Traducido por

AINHOA MUÑOZ

Publicado en 2021 por Next Chapter

Arte de la portada por CoverMint

Textura de la contratapa por David M. Schrader, utilizada bajo licencia de Shutterstock.com

Para Maggie y Connie, dos mujeres extraordinarias.

PRÓLOGO

LOS ÁNGELES, 2019

El ruido de la multitud más allá de las puertas del coche de Clara era como el rugido sordo del mar a lo lejos. El sonido subía y bajaba en olas, aumentando a medida que cada automóvil de lujo se acercaba al teatro y la celebridad que transportaba salía a la luz.

Clara se reclinó en el asiento de cuero de su limusina. Observaba a través de los cristales tintados mientras los paparazzi se daban codazos por situarse más allá del cordón rojo, luchando entre ellos como los tiburones que olían la sangre. Se habían reunido para ver a la gente rica y famosa que asistía al estreno de la película de ella, para comerse la carne que les alimentaba. Clara suspiró. Hace mucho tiempo aprendió que la prensa era una sanguijuela en el cuerpo de Hollywood que no se podía quitar.

Nick, su joven coprotagonista, se inclinó sobre ella para ver mejor a los fotógrafos más allá de las ventanas, apretujándose sobre la chica y arrugando su vestido. Este era su primer estreno, y en los extremos de su mente, Clara podía sentir su emoción mezclada con la punzada aguda del miedo mientras este miraba el mar de rostros más allá del cristal.

Clara sintió una pizca de orgullo casi maternal por lo

guapo que era él. Apartó el mechón rubio de Nick de los ojos de este. Con la película estrenada, dentro de un mes, si no antes, su relación se acabaría. Ella siempre pensaría en él con cariño. Pese a su edad, que figuraba en el comunicado de prensa de este, apenas dieciocho años.

Se vio deseando que Nick no fuese un insulso, que alguna chispa de inteligencia iluminase sus ojos para poder hablar con él, si no con verdadera intimidad, al menos como un igual.

Esa imposibilidad hizo que se riera de sí misma, y Nick se giró para sonreírle. Esta fortaleció sus escudos mentales bajo el calor de su mirada. Sabía que era mejor no leer sus pensamientos. Siempre se preocupaba por desconectarlos. El barranco vacío de su mente era demasiado deprimente para contemplarlo.

Clara escuchaba los pensamientos de la gente en la multitud. Sus mentes eran un pequeño rugido, un revoltijo de ruido que casi no tenía sentido. Los pensamientos de las personas que estaban fuera de su coche pasaron fluyendo como una marea entrante. Esta se relajó y se dejó llevar. Permitió que su mente flotase en la superficie de ese gran océano, aquel en el que había nadado durante toda su vida.

Nick se ajustó la corbata de su esmoquin y ella le besó.

-No te preocupes-dijo ella-Estarás bien.

Alguien abrió la puerta del coche y no hubo más tiempo para hablar. Clara salió al brillo de las luces, cegada por los flashes. Esta se mantuvo firme hasta que sus ojos se adaptaron al asalto. Después avanzó sonriendo.

Nick la siguió fuera del coche. Mostró su tímida sonrisa a los fotógrafos, apartándose el flequillo de los ojos con su característico gesto juvenil, pero Clara sabía lo que tenía que hacer. Miró más allá de los periodistas, hacia las gradas, donde su público estaba sentado esperándola. Si se salía con la suya, los fans estarían allí y la prensa podría arriesgarse.

Se giró hacia la gente que estaba en las gradas y les dedicó una sonrisa deslumbrante. Las personas allí presentes comenzaron a gritar su nombre, agitando los brazos y chillando. Clara les devolvió el saludo con un largo movimiento de su brazo. Se giró para que su público pudiese ver bien su vestido de lentejuelas. Tenía la espalda al aire y el vestido caía hasta convertirse en una bola de material suave justo por encima de la curva de sus caderas. Pudo escuchar a las mujeres murmurando entre ellas en señal de aprobación. Los hombres también dieron su visto bueno, pero en silencio.

Como homenaje a su público, a las personas gracias a las cuales tenía comida en la mesa y una piscina climatizada, Clara se dirigió a la prensa.

-¡Clara! ¡Aquí!

-¿Cuál es tu próxima película?

-¿Quién es ese tipo, Clara?

-¿Estáis comprometidos?

Clara tomó a Nick del brazo. El muchacho estaba empezando a sentirse abrumado. Incluso con su ego, era difícil presentarse ante toda la prensa por primera vez. Y los paparazzi no le hablaban.

Ella sonrió a la prensa, ofreciéndoles una buena perspectiva de la parte trasera de su vestido, antes de llevar a Nick hacia la puerta del teatro. Un grupo de cámaras de televisión les recibió allí y Clara se detuvo para dar algunas entrevistas de una sola frase. Sabía cuál era su trabajo y lo hacía bien. Valía la pena prodigarse por los medios de la televisión.

-Clara-una mujer de *Entertainment Now* extendió un micrófono-Entendemos que Nick y tú tenéis una relación muy cercana desde que rodasteis juntos *¡Grita!*

Clara mostró su misteriosa sonrisa enseñando muy pocos dientes. Nick miró valientemente a las cámaras. Ella pudo sentir su miedo por la rigidez de su brazo.

-Nick y yo lo pasamos muy bien trabajando juntos. Espero que podamos volver a hacerlo-la voz de Clara acarició las palabras de la última frase mientras pasaba la mano por el brazo de Nick.

Su roce le calmó y le sintió relajarse.

Le llevó hacia delante y habló con algunos periodistas más antes de entrar en el teatro. Una vez que estuvieron dentro, Nick se quejó.

-Mierda. Qué cosa tan salvaje-dijo.

Clara sonrió, quitando el eterno mechón de pelo de su frente. Después le besó.

-Lo has hecho bien-dijo.

Este le sonrió como si fuese un niño al que le acaban de dar un caramelo.

-Así que esta noche saldremos por televisión, ¿eh?

La sonrisa de Clara se deslizó un poco-Yo diría que es algo casi seguro-comentó.

1

PALM SPRINGS, 2009

La última vez que Clara vio a su tía April fue cuando cumplió doce años. Estaba saltando por encima de las piedras del desierto cuando escuchó las ruedas del Lincoln alquilado sobre la grava calcinada por el sol del camino circular. El sol llevaba horas ahí y pronto haría demasiado calor para seguir jugando en el desierto. Clara corrió al patio delantero de la finca de su madre y se escondió detrás de un pino. Su tía salió del coche y le dio las llaves al hombre cuyo trabajo consistía en aparcar todos los vehículos de visita en el garaje de diez plazas de la finca.

Clara se puso de pie, respirando el fresco aroma del árbol hasta que el hombre se marchó. Después salió, contemplando silenciosamente a su tía. April era todavía más hermosa de lo que Clara recordaba, la piel lechosa de su rostro enmarcaba sus ojos verdes. April se rio.

-¿De dónde vienes, Clara? Eres tan silenciosa como un indígena.

-¿De qué tribu?-preguntó Clara.

April volvió a reírse pero no respondió. Rodeó a Clara con los brazos. La niña se quedó firme hasta que recordó que para ser abrazada una tenía que devolver el abrazo. Se relajó y sintió que la tensión se escapaba de su cuerpo como el agua. No estaba acostumbrada a que la tocasen, pero se recordó a sí misma que April era diferente. April la quería.

Apretó su cara contra el traje de seda de April y aspiró la esencia del perfume ligero de su tía. La seda contra su mejilla era del color de los aguacates pelados que le encantaban a su madre. Ella sabía que April había venido para su cumpleaños y quería sorprenderla. Clara le brindó a April una de sus extrañas sonrisas. Su tía parpadeó a la luz de esa sonrisa, apartando el cabello de la niña de su rostro.

-Alejémonos de este calor-dijo.

La tía April apretó el hombro de Clara y la niña se adelantó hacia la mansión de su madre. El vestíbulo estaba fresco y el suelo de mármol brillaba bajo sus pies. Clara pudo escuchar el leve zumbido de un aire acondicionado en algún lugar de la casa.

-¿Dónde está tu madre, Clara?

-No lo sé-la niña se encogió de hombros, fingiendo indiferencia.

-¿Está aquí?

Clara miró a su tía a los ojos-No-dijo.

April se apartó un mechón del ojo-Bueno, entonces almorzaremos juntas-comentó.

Clara disfrutó del contacto con su tía cuando April la tomó de la mano.

Se sentaron en el invernadero frente a los jardines aterrazados. Los lujosos muebles tenían cojines de un color blanco brillante y el cristal filtraba la dura luz del sol, aunque no evitaba que entrase el bochorno. Siempre hacía calor en el invernadero, pero era el lugar favorito de Clara en la casa. Más allá de los jardines, más allá de los prados y los pinos, podía ver el desierto reluciente.

El ama de llaves, Carol, trajo bocadillos y limonada, y Clara pidió trozos del pastel de manzana que la cocinera le había preparado esa mañana, además del té de hierbas que le encantaba a April.

Clara observó a su tía por el rabillo del ojo. Vio que April tensaba la mandíbula mientras esta miraba hacia el desierto y supo que su tía estaba enfadada. Sin embargo, no podía leer los pensamientos de April, como tampoco podía leer los de su madre. Más allá de la única pregunta para la que Clara anhelaba tener una respuesta, estaba convencida de que su madre no tenía pensamientos interesantes en la cabeza. Sin embargo, deseaba poder ver detrás de los ojos de su tía, aunque solo fuese por un momento.

Clara miró a April a los ojos y parpadeó. Había sido pillada mirando.

Pero la tía April se limitó a sonreír-Te he traído algo-dijo.

Clara trató de hacer una broma floja-¿Un filtro que pueda usar sobre mi cabeza para mantener alejados los pensamientos de la gente?-preguntó.

April miró por encima del hombro, pero no había ningún criado cerca para escuchar lo que Clara había dicho. Sabía que su tía tenía un miedo supersticioso para referirse al don de la familia.

-Si alguna vez crean uno, encargaré para ti el primero que salga de la fábrica-dijo.

-Nunca lo fabricarán. Nadie sabe lo que hacemos.

April se movió en su lujosa silla, cruzó las piernas y se encontró con la mirada de Clara-No. Nadie lo sabe-comentó.

Clara sabía que jamás debía hablar de su don delante de nadie y nunca lo hizo. Solo con su tía. April era la única persona del mundo en la que podía confiar, que siempre estaría ahí y nunca la traicionaría.

Parecía alegre, como la niña que era-¿Qué me has traído?-preguntó.

April sonrió y se apartó un mechón de cabello rubio ceniza de los ojos. Su pelo largo estaba recogido en un elegante moño, pero los mechones que enmarcaban su rostro se habían soltado.

-Quizá deberíamos almorzar primero.

Clara se rio de las burlas de su tía-¿Qué me has traído?-dijo.

La muchacha se movió para sentarse junto a su tía en el sofá, y April acarició la coronilla de Clara. Después metió la mano en la bolsa que estaba apoyada en su silla y sacó una caja envuelta en un fino papel blanco. Una enorme cinta rosa cubría la parte delantera del paquete y Clara frunció el ceño. Odiaba el color rosa.

April rio al ver su cara-Sabía que detestarías la cinta, pero en la tienda no tenían otra cosa-dijo.

Clara puso el regalo sobre su regazo con tanto cuidado como si este fuese una reliquia sagrada. No quería romper el papel, sino sentarse y observar su regalo de cumpleaños, haciendo que el momento de la anticipación se extendiese ante ella. Sabía que no iba a recibir otro regalo, pero también sabía que ningún placer estaba hecho para durar, así que tras una rápida mirada a April, rompió el papel.

El papel blanco y la cinta rosa cayeron sobre el suelo de madera mientras los dedos de Clara permanecían sobre la caja. Esta respiró hondo, saboreando el momento. Abrió la caja lentamente, retirando el papel de seda con cuidado para no romperlo.

Colocado bajo el papel había un suéter de cachemira del mismo tono verde que sus ojos. Clara respiró hondo, llevándose el jersey hasta la mejilla, y la caja cayó a sus pies. Aspiró el aroma de la suave tela, que olía como el perfume de su tía.

-Tía April…es precioso-dijo.

Clara rara vez se impresionaba con algo, pero el suéter en sus manos era el regalo más bonito que había recibido nunca.

-Te lo puedes poner cuando regreses a Nueva York y vayamos al Russian Tea Room-dijo.

Clara no respondió, pero tocó la tela suave.

La tía April deslizó sus cuidados dedos dentro de su bolso de cuero.

-Tengo algo más para ti-dijo.

Los ojos de Clara brillaron cuando tomó el sobre que le entregó su tía. Lo abrió y un billete de avión salió volando y aterrizó en su regazo. Cuando lo recogió, vio que se trataba de un billete de ida a Nueva York.

Clara miró a su tía con una ceja arqueada.

April habló apresuradamente, sus palabras eran un revoltijo de sonidos-Quiero que vivas conmigo-dijo.

El cielo se abrió ante ella cuando Clara tocó el papel que tenía en las manos. Aquella era una forma de salir de la casa de su madre. Una huida del hombre con el que su madre se casaba.

Clara recordó la última vez que había estado en Nueva York. Había volado sola aquella Navidad, pues su madre y su prometido se quedaron muy lejos, en Palm Springs. La tía April la recibió en el aeropuerto, y durante toda la semana que duró su visita solo habían hecho cosas que la hacían feliz.

Miró el billete que tenía en la mano. April quería darle una nueva vida, una vida como la semana que pasó en Nueva York.

Después Clara pensó en Darren, el hombre con el que su madre pensaba casarse. Este tenía diez años menos que su pareja, los ojos azules y la complexión de un jugador de tenis. Sus ojos parecían ser los de un hombre con alma, salvo que pudieses leer lo que pasaba tras ellos.

A Clara se le llenaron los ojos de lágrimas, y por primera vez desde la muerte de su padre, esta no pudo tragar saliva por el dolor de garganta. El billete de avión se volvió borroso en su mano. Parpadeó con fuerza para ver más allá de sus lágrimas.

Se obligó a sí misma a hablar, aunque le temblaba la voz-¿Mamá sabe que quieres llevarme?-preguntó.

-Se lo diremos cuando regrese a casa.

Clara pensó en la risa ligera de su madre, en sus ojos azul claro que se tomaban el mundo entero al pie de la letra. Jessica casi nunca miraba más allá de los ojos de una persona hasta llegar a la mente de esta. Clara no sabía qué le pasaría a su madre si tuviese que enfrentarse ella sola a gente mala. Se imaginó a su madre a solas con Darren, y se quedó muy quieta, obligándose a no respirar para no sentir escalofríos.

No pensaba que Darren quisiese hacerle daño a su madre. Este era algo tóxico, aunque ella no vio nada malo en sus intenciones cuando él miraba a su madre. Pero nunca estaría segura a no ser que se quedase y le vigilara.

-No puedo ir contigo-su mano no tembló mientras le tendió el billete.

April lo miró durante un rato largo antes de tomarlo de nuevo.

-¿Lo pensarás, Clara?-la voz de su tía era suave y baja. Clara pudo escuchar sufrimiento en ella.

El dolor inundó su propia visión, consumiendo lo que quedaba de sus lágrimas. Clara endureció la voz para no mostrar debilidad

-Ya lo he pensado. No puedo dejar sola a mamá con él-dijo.

-Clara, ella no ha pensado en ti en ningún momento y no cuidará de ti cuando él llegue a esta casa. ¿Lo entiendes?

La voz de April era baja, pero tomó un tono de importancia que Clara nunca había oído antes: la importancia de la desesperación. No sabía que su tía pudiese sentirse desesperada. Por primera vez, supo cuánto la quería April.

Tomó la mano de su tía, con cuidado de no tocar los diamantes de los dedos de esta, y le habló tranquilamente, como si se tratase de una niña pequeña.

-Mamá necesita que me quede aquí para cuidar de ella-dijo.

Se sentaron mirándose la una a la otra por encima de un

plato de bocadillos y una tetera que se enfriaba. April extendió la mano y pasó sus dedos por el rostro de Clara.

-Si cambias de idea puedes llamarme en cualquier momento, de día o de noche, y vendré a por ti-dijo.

A Clara se le encogió el estómago y el cielo se abrió de nuevo ante ella. Había una finalidad en la voz de su tía.

April pasó sus manos bien cuidadas por el cabello de Clara, alisando sus mechones rubios. Miró a su sobrina como si estuviese memorizando su rostro.

-Será mejor que me vaya antes de que vuelva tu madre-dijo.

Clara escuchó sus palabras y sonaban distantes, como la voz de una extraña.

-Está bien.

April llevó a Clara hacia ella y le dio un beso en la mejilla. Un poco de su lápiz de labios cayó sobre la piel de Clara. Esta no se quedó relajada contra el cuerpo de su tía, sino que aspiró el aroma de su perfume para recordarlo. Sabía que April no tenía intención de regresar jamás.

-Te quiero, Clara. Feliz cumpleaños.

April se alejó. Clara escuchó el sonido entrecortado de los tacones altos de su tía golpeando el mármol del vestíbulo. Oyó a Carol abriendo la puerta y el sonido del coche de April mientras esta se marchaba. La casa se quedó en silencio salvo por el tic-tac del reloj de caja, que permanecía como un centinela en el pasillo de mármol.

2
LOS ÁNGELES, 2019

Clara detuvo su Maserati en la puerta del estudio, sonriendo al guardia encorvado que estaba de servicio. Este se enderezó y levantó su gorra, haciendo una reverencia como si ella fuese la reina de Inglaterra.

-Pase, señorita Daniels.

Clara habló con su tono de voz más bajo-Gracias, Derek-dijo.

Esta condujo demasiado rápido alrededor de los enormes edificios de estudios con forma de granero, jugando al pillapilla consigo misma. ¿Cuánto podría llegar a acercarse a un productor antes de que este se moviese? Algunos de estos incluso le gritaron y agitaron el puño, antes de ver quién era y guardar silencio. Dejó solos a los mediocres que trabajaban.

Clara tenía la música alta, pero todavía podía captar algunos pensamientos perdidos mientras pasaba junto a ellos. La mayoría de estos eran crueles hasta que vieron su rostro.

Detuvo su coche en el espacio pintado con su nombre. Apagó la música a regañadientes y se preparó para la terrible experiencia que se avecinaba.

Clara salió de su coche y allí había una sirvienta esperándola. Era una mujer joven con pantalones cortos estrafalarios y una camiseta teñida con el nombre de una película para televisión escrito en ella.

-Señorita Daniels, el señor Willoughby la está esperando-dijo.

-Está bien-Clara no sonrió.

Metió la mano en su bolso para sacar un cigarrillo y se dirigió hacia el edificio de estuco de las oficinas que estaba a su izquierda. La otra mujer caminaba junto a ella; su rostro era una máscara de miseria avergonzada.

-Señorita Daniels, ¿le traigo algo?

-No.

Clara se detuvo el tiempo suficiente para encender su cigarrillo, pero antes de que pudiese prender una llama con su mechero, la otra mujer le tendió una cerilla. Clara realmente la vio por primera vez y miró más allá de sus ojos. A pesar de llevar años en el estudio, de tener una jornada laboral llena de humillaciones y miserias, esta mujer adoraba a Clara como si se tratara de una diosa sobre la tierra.

La mujer no se movió y la cerilla ardió menos. Clara supo que dejaría que se le quemasen los dedos antes de apagar la cerilla. Esta se inclinó lentamente, casi con indiferencia, y encendió su cigarrillo con el fuego en la punta de los dedos de la mujer. Clara apagó la llama justo antes de que los dedos de aquella chica se quemasen.

Después sonrió, con esa sonrisa lenta por la cual era famosa. La otra mujer parpadeó como si estuviese deslumbrada por el sol. Clara buscó en la mente de ella y encontró su nombre.

-Gracias por el fuego, Peg-dijo.

La mujer se quedó callada mientras Clara pasaba junto a ella y entraba en el edificio del estudio donde Bob Willoughby esperaba en su oficina del cuarto piso.

~

Bob Willoughby, el director de Barnett Studios, se encontraba sentado en el extremo de una larga mesa de caoba fumando un puro. Se apresuró a apagarlo y se puso de pie cuando Clara entró en la sala. Su asistente, Phil, estuvo a su lado de inmediato, tomó su bolso y le ofreció un vaso de zumo de naranja.

Clara tomó el vaso y entregó su bolso sin comentarios, con los ojos fijos en el rostro de Willoughby. El nuevo vicepresidente de Willoughby le acercó una silla y Clara se sentó. La abertura de su falda dejaba al descubierto su pierna larga hasta el muslo. La mirada del vicepresidente de marketing se detuvo en sus piernas durante un momento, antes de tomar asiento junto a Willoughby.

Clara intentó mirar en la mente del vicepresidente para ver si su tranquilidad era o no una fachada, pero descubrió que no podía. Su mente estaba cerrada para ella. Frunció el ceño. Aquello nunca le había pasado antes, salvo con las demás mujeres de su familia.

El vicepresidente de marketing le sonrió como si supiera lo que estaba pensando. Ella frunció el ceño todavía más. Él no tendría más de veinticuatro años. Tenía mucho poder para ser alguien tan joven y estar sentado en una reunión con ella y con Bob. Se preguntó brevemente si le había visto antes en alguna parte.

Clara dejó de fruncir el ceño y se dejó llevar. Se preguntó por qué Willoughby le había traído, tal vez se trataba de un vano intento de engatusarla. Bob debía tener la falsa sensación de que ella se estaba deslizando.

Dirigió la fuerza de su mirada hacia Willoughby y este parpadeó, sorprendido. Tragó saliva y se concentró en los papeles que tenía delante.

-Bueno, Clara, te agradezco que hayas venido hoy-dijo.

-Lo sé, Bob-esta sonrió.

-Sí, bien…

El director del estudio tosió convulsivamente, y su asistente le dio en silencio un vaso de agua. Willoughby se lo bebió en tres tragos y le devolvió el vaso vacío a Phil. Por un momento, Clara pensó que este podría secarse la frente como uno de los personajes de las estúpidas películas que ella hacía, pero él no hizo nada tan evidente. Se obligó a sí mismo a mirarla a los ojos, y ella logró ver al hombre que se había arriesgado a contratarla cuatro años antes.

-Clara, la gente de la junta está preocupada por tu próximo proyecto.

-¿De verdad?-mantuvo la voz engañosamente uniforme y agradable mientras tomaba su zumo. Este estaba algo amargo.

-Sí. Les da miedo que el mercado cinematográfico sea demasiado cerrado para un drama de época. En lugar de eso prefieren que hagas un thriller espacial.

Clara guardó silencio durante un minuto. Esperó para ver si alguien más en la sala volvía a hablar. Al comprobar que nadie abrió la boca, esta extendió la mano y Phil vino de inmediato y colocó un cigarrillo entre sus dedos. Esta dio una calada lenta, con la mirada fija sobre Willoughby.

-¿Y tú qué opinas, Bob?

Willoughby pareció sorprendido por el tono uniforme de su voz, y respiró hondo. Esta podía sentir su miedo desde donde se encontraba sentada. No estaba acostumbrada a ver a Bob Willoughby asustado. Clara sintió crecer su mal genio.

-Sabes que no me pagan para pensar, Clara. En cualquier caso, no de forma creativa. Estos hombres saben cómo son los mercados. Tienen la sensación de que un drama de época será un fracaso y el estudio perderá más dinero del que podemos permitirnos.

Willoughby se movió en la silla. Miró sus papeles y los barajó. Clara se metió fugazmente en su mente. Eran folios en blanco.

Esta mantuvo el tono de voz bajo, sin hacer caso al vicepresidente de marketing, que se aclaró la garganta, casi como si tuviese intención de hablar. Clara miró fijamente a Willoughby hasta que este la vio a los ojos.

-¿Están aparcando mi proyecto, Bob?

Él asintió. Clara se quedó callada durante un rato largo, con el vaso de zumo de naranja amargo en la mano. El vicepresidente de marketing se giró hacia ella. Vio que Bob alcanzó su brazo para callarle, pero el vicepresidente le ignoró, centrando sus ojos de color azul añil sobre ella. Por alguna razón inexplicable, por más que lo intentase, Clara seguía sin poder leer lo que este estaba pensando.

-Señorita Daniels, el departamento de marketing desea hacerle saber que pensamos que el dejar de lado este proyecto solo es algo temporal. Hemos sufrido bastantes reveses en los mercados extranjeros y tenemos que reforzar nuestra posición. Sentimos que si tienes en cuenta el thriller espacial, *Explosión lejana*, estaremos en una mejor posición para volver a…

Clara se levantó en medio de su discurso, y con un movimiento tranquilo, lanzó su vaso de zumo contra la pared que había detrás de la cabeza de este. El cristal se hizo añicos contra el revestimiento de madera y el zumo amargo bajó por la pared en chorros.

No volvió a mirar al vicepresidente, pero se giró hacia Bob. Phil estaba junto a ella con su bolso. Con delicadeza dio una última calada a su cigarrillo y lo apagó en el cenicero de cristal que había sobre la mesa. Bob tenía los ojos muy abiertos y ella podía sentirlo conteniendo la respiración.

-Creo que ya sabes cuál es mi postura al respecto, Bob. Esperaré tu llamada-dijo.

Clara se dio la vuelta y Phil le abrió la puerta tranquilamente. Salió del edificio y regresó a su coche recordando primero que, cuando lanzó su vaso, el vicepresidente ni siquiera se inmutó.

~

-¿Quién demonios es él?-Clara hablaba por teléfono, en su balcón con vistas a la bahía de Malibú.

Donna habló tranquilamente-No lo sé, Clara, pero lo averiguaré-dijo.

-Quiero su puesto.

-Primero déjame descubrir quién es. Puede que haya otra solución.

Clara aspiró el humo de su cigarrillo turco hasta los pulmones.

-Está bien, esperaré.

-Yo me encargo, Clara. Te llamaré esta noche.

Clara sonrió ante la confianza que reflejaba la voz de su representante. Donna era una de las pocas personas a las que respetaba.

-Esta noche, entonces.

Clara dejó su teléfono y miró hacia el Pacífico. El agua era de un gris apagado que reflejaba el tono grisáceo de la calima atrapada sobre la bahía. Su cigarrillo estaba ligeramente mezclado con hachís, y Clara pudo sentir zarcillos de calor relajando sus músculos a pesar de su furia. Su mente comenzó a soltarse mientras aspiraba otra bocanada de humo de olor dulce. Donna se encargaría de aquel pequeño capullo, fuese quien fuese.

Se metió en el jacuzzi del suelo mientras Margherita le trajo un vaso de zumo de frutas.

-Gracias, Maggie.

La pequeña sirvienta sonrió, mostrando el diente de oro que Clara había pagado.

-De nada, señorita. ¿Desea almorzar?

Clara se apoyó contra el borde acolchado de la piscina y suspiró.

-No, gracias-dijo.

La mujer mayor se alejó en silencio. Clara vio al hijo de Margherita, Paolo, saliendo de los arbustos de al lado de la casa con unas tijeras en sus manos. Su pecho estaba empapado de sudor. Paolo parecía un dios tolteca que surgía de la maleza.

Clara sonrió y le habló en español-Tus flores son preciosas, Paolo-dijo.

El joven no dijo nada, aunque dejó con cuidado las tijeras de podar sobre un banco de cedro. Se movió con la elegancia de una pantera mientras se arrodillaba junto al jacuzzi y tomaba el cabello de la mujer con la mano. Clara le ofreció una calada de su cigarrillo. Este lo tomó y lo arrojó por la barandilla del balcón.

-Aún no me lo había terminado-dijo ella.

Paolo no dijo nada. La subió a la cubierta para que se tumbase a su lado. Tenía las manos duras sobre su cuerpo mientras le quitaba el traje de baño y comenzaba a hacerle el amor en la terraza bañada por el sol. Esta se maravilló de los milagros de su vida, de que este hombre guapo pudiese hacerle el amor sobre las duras tablas de cedro que estaban tan bien lacadas que nunca se clavó una astilla en la espalda.

3
PALM SPRINGS, 2009

CLARA, DE DOCE AÑOS DE EDAD, SE PUSO EL CUELLO DE SU vestido de gasa rosa demasiado ajustado. Se quedó de pie junto al tocador antiguo, observando cómo se maquillaba su madre, cuidadosa, capa a capa.

Jessica Daniels tenía puesto un vestido blanco satén que se pegaba a su figura como si fuese una segunda piel, deslizándose sobre sus caderas para arremolinarse en sus tobillos. Este había pertenecido a la bisabuela de Clara en la década de 1930. Imaginó que el satén tendría un tacto suave y frío si tuviese el valor de extender la mano y tocarlo. El cabello de su madre estaba recogido en un moño dorado.

Vio cómo su madre alisaba el brillo sobre su lápiz de labios. Jessica se topó con la mirada de su hija en el espejo antiguo.

-¿Quieres un poco de lápiz de labios, cariño?

Clara parpadeó. Su madre nunca hablaba hasta haber terminado su ritual de belleza. El día de hoy fue una excepción. Hoy era el día de la boda de su madre.

-Sí, mamá. Me gustaría.

Jessica se deslizó sobre el banco de caoba del tocador y apoyó la mano en el espacio libre junto a ella.

-Siéntate, cariño, y te pintaré la cara.

Clara se sentó y se quedó muy quieta, rezando para que nadie entrase a distraer a su madre antes de que esta terminara. Jessica se distraía con mucha facilidad. Muchas veces había empezado a maquillar el rostro de Clara y después había sido interrumpida por una llamada telefónica o una visita. Después se apresuraba en ir a hablar con el adulto de turno, olvidándose de Clara. Hoy no entró nadie. No sonó el teléfono. Clara escuchó a Carol, el ama de llaves, llamando a alguien en el jardín de abajo, ordenando a un empleado contratado para ese día que trasladase un arreglo floral a un lugar más apropiado. Después sonó el viejo teléfono fijo al final del pasillo. Clara se estremeció, pero Jessica no se dio cuenta. Esta simplemente aplicaba polvos sobre las mejillas de su niña con una concentración intacta, como si estuviese creando una obra de arte.

Clara vio cómo su rostro se transformaba en el espejo que tenía enfrente. Su madre usaba la pintura con moderación, pero con buenos resultados. Esta no parecía estar maquillada, pero sus rasgos eran más claros, más distintos. Miró su reflejo y vio por primera vez que ella era tan hermosa como su madre.

-Estás preciosa, Clara.

-Gracias, mamá.

Jessica se sentó durante un momento sin decir nada. Se miraron la una a la otra en el espejo, en silencio. Fue el rato más largo en el que Clara aguantó la mirada a su madre.

Pensó que Jessica podría hablar, que su madre podría decir algo importante antes de bajar las escaleras para encontrarse con el hombre que la esperaba, que cambiaría sus vidas para siempre. Durante un momento Clara deseó desesperadamente que su madre cancelara todo. Esperaba que pudiesen huir juntas a Cancún dejando a Darren en la estacada.

Pero ese momento se esfumó.

Jessica sonrió alegremente y se puso de pie-Dame el ramo, ¿vale, cariño? No podemos hacer esperar a los invitados-dijo.

Clara se puso de pie y le entregó a su madre el ramo de rosas blancas y lirios de agua. Su voz se atascó cuando Jessica fue hacia la puerta con su vestido de satén. Observó cómo los cuidados dedos de su madre giraban el pomo de cristal y la puerta se abría.

Clara pudo escuchar completamente el ruido de abajo. Carol le gritaba a alguien que sacase una caja de botellas de champán al jardín. Observó a su madre echando un último vistazo a su aspecto en el espejo de cuerpo entero antes de darse la vuelta y alejarse.

Clara se miró en el espejo como había hecho su madre. Su nuevo maquillaje la hacía parecer una muñeca pintada. Se lo quitó antes de bajar las escaleras. Llegó tarde y Carol tuvo que venir a buscarla. La ceremonia estaba a punto de empezar.

Dondequiera que Clara fuese en la recepción de la boda de su madre había gente. Quiso caminar por el desierto para alejarse de ellos, pero sabía que se le arruinaría el vestido. La gasa rosa arañó su piel y esta hizo una mueca de dolor. Odiaba el color rosa. No entendía por qué su madre había elegido este tono para ella.

Clara se encontraba de pie debajo de una de las carpas, a la sombra del cálido sol de la tarde. Las sombras comenzaban a atravesar el cuidado césped tras la casa de su madre, sobre los hermosos jardines florecientes. Su madre había pedido que trajeran flores de todo el mundo para llenar la terraza y poner su aroma a las mesas que se extendían bajo los toldos blancos. Las mesas rebosaban con caviar de Rusia, ostras de Baja California y cangrejo y langosta de Maine. Clara odiaba el marisco, pero se quedó junto a la mesa del pescado. La mayor parte de esta se había vaciado y a raíz de eso había menos personas alrededor.

Clara miró con nostalgia más allá de los jardines aterrazados hacia el desierto que se extendía fuera de donde se encontraban. Mañana prepararía un almuerzo y se iría allí durante todo el día. Su madre no estaría aquí para preocuparse. Ella y Darren se encontrarían en Cancún para entonces.

Levantó la mirada para encontrarse a Darren observándola fijamente desde el otro lado del césped. Clara tragó saliva pero no bajó la mirada. Él murmuró algo al oído de su madre, sin apartar los ojos del rostro de Clara. Jessica le sonrió y sus labios se deslizaron sobre su mejilla. Apartó los ojos de Clara el tiempo suficiente para inclinarse y besar en la boca a su madre; un tipo de beso que, según Clara, debería haber sido en el dormitorio.

Observó cómo Darren cruzaba la gran extensión del césped. Ella no se apartó ni trató de evitarle. Esquivar lo desagradable solo posponía lo inevitable. Clara prefería enfrentarse a los problemas cara a cara. Esta no parpadeó ni sonrió cuando él se detuvo frente a ella.

-Hola, Clara. ¿Lo estás pasando bien?

Esta se encogió de hombros y miró las pocas patas de cangrejo que quedaban en un banco de hielo. Darren se acercó y tomó uno. Rompió el caparazón con los dientes antes de sacar la carne con la lengua. Él le guiñó un ojo, arrojando las sobras en la bandeja de un criado que pasaba, y después le sonrió. Sus dientes blancos brillaban en su rostro bronceado.

Clara le miró con una especie de fascinación enfermiza. Aún no entendía cómo el rostro de una persona podía ser tan distinto de los pensamientos que pasaban tras sus ojos. Darren era atractivo, con una salud radiante que hacía que la gente pensara que estaba sano. Debido a su don familiar Clara sabía que este estaba lejos de serlo. Se preguntó cómo su madre podía no saber aquello. Los ojos de Clara se abrieron un poco al pensar, por primera vez, en la posibilidad de que su madre supiera exactamente qué era Darren y le deseara de todos modos.

Darren la miró durante un instante largo, dejando que el silencio se extendiera entre ellos. Clara aguantó la respiración, esperando que él dijera algo estúpido y siguiese adelante. No lo hizo. Simplemente se quedó mirándola.

Él extendió la mano y le apartó el cabello de la mejilla. Ella lo llevaba así para la boda, y la flor rosa que tenía sobre una oreja hacía juego con el color de su vestido. Las yemas de sus dedos se deslizaron sobre su piel tersa, y su mano recorrió su mejilla hasta tomarla de la barbilla.

A ojos de cualquiera aquello parecía una caricia inocente hacia una niña. Clara sabía que no lo era. Sintió el calor de la palma de su mano y escuchó los pensamientos que había tras sus claros ojos azules. Esta le miró directamente y no se apartó.

-¿Te aburrirás tú sola aquí la semana que viene, muchacha?-su voz era relajada y ligera.

Apartó la mano y tomó una copa de champán. Inclinó el vaso hacia atrás y ella vio cómo el líquido se deslizaba por su garganta. Bebió el champán en tres tragos, sin apartar los ojos de su cara.

-No-Clara mantuvo su voz engañosamente tranquila.

-Bien-su tono tenía un timbre cordial que muchos hombres usaban cuando hablaban con niños.

Ella sabía que él no la veía como a una niña.

Jessica le llamó desde los escalones de la terraza. Le lanzó un beso a Clara y la saludó desde su posición de mármol.

-Supongo que será mejor que vayamos con tu mamá.

La mirada de Darren pasó de ella a Jessica. La mano que le había puesto sobre su brazo cayó. En realidad tenía miedo de tocarla. Nunca intentaría quedarse con ella a solas. No se arriesgaría a perder el dinero de Jessica. Al menos la madre de Clara había tenido la sensatez de obligarle a firmar un acuerdo prematrimonial. Uno seguro, según su abogado, mientras Clara escuchaba todo desde el pasillo.

Clara sonrió y le tomó del brazo. Los ojos de Darren se posaron sobre su rostro, y debió haber visto parte de los pensamientos de ella en ese instante. Por primera vez desde que le conocía, sintió que el miedo recorría su cuerpo. Él supo que ella le veía por lo que era.

Clara caminaba con el marido de su madre, aferrándose a su brazo como había visto hacer a otras mujeres con sus acompañantes masculinos. Se separó de él cuando se encontraron con su madre en los escalones y se inclinó para recibir el beso de esta.

Los labios de Jessica estaban blandos. Esta pasó la mano por el cabello de su hija y Clara se quedó mirando sus hermosos ojos azules. No era la primera vez que deseaba fervientemente poder leer la mente de su madre como hacía con todos los demás. Tal como estaban las cosas, se sentía como si ella fuese la adulta y Jessica la niña.

-Cuídate, Clara.

-Siempre lo hago, mamá.

Después Darren se llevó a Jessica y los invitados se agolparon a su alrededor cuando entraron en la casa, impidiendo que Clara viese a su madre. Esta sabía que los asistentes se dirigían al porche delantero para lanzar alpiste a los novios cuando estos se fueran. Podía escuchar las risas de los allí presentes desde donde se encontraba. Sentía que una parte de su alegría y buenos deseos eran falsos.

Clara no les siguió. Se sentó en los escalones de mármol, sin preocuparse de su falda áspera, y observó cómo los camareros comenzaban a recoger la comida de la recepción. Los extremos de la carpa más cercana se agitaron con la brisa, y ella se inclinó hacia el viento que traía consigo el aroma del desierto. El sol se ponía sobre la arena, más allá del césped del jardín de su madre. Clara vio la luz desvaneciéndose mientras se secaba la lágrima solitaria que se deslizó por su mejilla.

4
MALIBÚ, 2019

Clara se recostó en el diván de su sala de estar. Bebió un sorbo de coñac mientras contemplaba la puesta de sol sobre la bahía de Malibú. La contaminación refractaba los rayos de sol, así que los colores suavizaron su brillo cuando el disco rojo se hundió en el mar.

Su casa estaba totalmente en silencio salvo por el sonido del mar. Paolo y su madre se habían marchado a sus casas, al otro lado de la ciudad. Clara no tenía gente en casa por la noche. Le gustaba dormir sin que la despertasen los sueños de otras personas.

Escuchó ociosamente el silencio, dejando que se acumulara a su alrededor y la envolviese. Aún no tenía noticias de su representante sobre el imbécil con el que se había topado ese mismo día, pero no estaba preocupada. Donna sabía cuál era su trabajo. El vicepresidente de marketing estaría en la calle por la mañana.

Clara se apartó de la puesta de sol cuando escuchó el suave timbre de su puerta. Nadie tocaba el timbre de su casa. Siempre que alguien venía a verla, el guardia la llamaba desde la puerta principal de su vecindario. Nadie entraba nunca.

Se echó la blusa transparente por encima mientras se

levantaba. Llevaba un vestido de seda verde esmeralda debajo, con finos tirantes que se aferraban a sus hombros. A Clara le encantaba escuchar el susurro de la seda mientras se movía en silencio. Todos los matices del silencio le parecían preciosos porque eran muy raros.

Avanzó lentamente hacia la puerta principal. Quizá Margherita había olvidado alguna cosa.

Clara buscó a tientas las llaves y abrió la pesada puerta de caoba. El vicepresidente de marketing estaba en su porche. Llevaba puestos unos pantalones chinos de color claro y una chaqueta azul marino. El traje de la oficina había desaparecido. Sus ojos estaban ocultos tras las gafas de sol. Clara no podía oír sus pensamientos. Este estaba con ella, era un socio en el bendito silencio.

-Hola-su voz era profunda y su sonido la tranquilizó como lo hacía el ruido del mar. Se quitó las gafas y arqueó una ceja antes de dejar que su mirada se deslizara por su cuerpo. Sus ojos se detuvieron sobre sus pechos antes de regresar a su rostro. Clara rio a su pesar.

-Si vienes a suplicar por tu trabajo, has empezado mal.

-Yo nunca suplico-dijo él, sonriendo.

Sus ojos eran de un tono azul claro profundo. Clara se preguntó en vano si este utilizaba lentillas para darles ese color concreto, y después se dio cuenta de que no. Ese azul era real. La miró en silencio.

-¿Cómo cruzaste la entrada?

-Conduciendo.

Clara habló tranquilamente, con el tono de voz bajo-Bueno, puedes volver conduciendo por ahí-dijo.

Esta empezó a cerrar la puerta, pero él dio un paso adelante y la detuvo. Para su sorpresa, ella se lo permitió.

-Volveré conduciendo por ahí después de que tomemos una copa y hablemos-comentó.

-No tenemos nada de lo que hablar.

-Yo sí.

La empujó suavemente al pasar. Ella no podía creer su osadía. Entró al vestíbulo y miró hacia el tragaluz que había sobre su cabeza. Las estrellas estaban apareciendo sobre el cielo azul oscuro, y cuando Clara también levantó la vista, vio que el cielo nocturno era del mismo tono que sus ojos.

Clara volvió a cerrar la puerta y echó la llave. Se reclinó ante él para ver qué haría después.

Él se quedó quieto en medio del vestíbulo y la miró-Quizá deberíamos encender la luz-dijo.

Ella sabía que tendría que estar enfadada. Había un botón de seguridad oculto en los paneles de la puerta. Todo lo que tenía que hacer era tocarlo para avisar a la policía y meter a ese hombre en la cárcel. Sin embargo, no lo hizo. En vez de eso, siguió mirándole.

Clara se sorprendió a sí misma. Ni siquiera estaba molesta. El vicepresidente la observó en silencio, sin decir nada, como si esperase que ella emitiera un juicio. Por algún motivo, Clara se sentía extrañamente segura con él, cómoda, de una forma con la que nunca estaba con otras personas. Había una cualidad esquiva en su confianza que le recordaba a ella misma.

Clara trató de volver a examinar su mente. No estaba en blanco. Era una pesada puerta, cerrada para ella.

Él sonrió, y de repente, ella recordó la última vez que se sintió así de a gusto con otro ser humano. Fue con su tía April, al mediodía, durante su duodécimo cumpleaños, la última vez que la había visto.

Clara se recordó a sí misma cómo había terminado aquella reunión, pero por alguna razón, no se preocupó cuando le miró a la cara. Parecía ser un alma gemela. La idea de que hubiese alguien como ella en cualquier lugar era como un espejismo, pero resultaba agradable. Clara decidió mimarse, aunque solo fuera por una noche.

Se obligó a apartar los ojos de él y a pasar hacia la sala de estar. Su casa era de un solo piso, uno de sus extremos llegaba hasta el dormitorio y otro hasta la enorme cocina que ella solo usaba para las fiestas. Sabía que Margherita había dejado algo en el horno, aunque no tenía ni idea de qué era.

-¿Tienes hambre?-preguntó ella.

-Sí.

Clara le llevó de nuevo a la cocina y encendió una luz cuando entraron. Pudo sentir sus ojos sobre ella, como si su mirada fuesen unas manos. Abrió el horno y encontró un asado de carne con patatas nuevas y zanahorias pequeñas.

Clara sonrió y sacó aquello del horno-Creo que mi sirvienta sabía que iba a tener compañía-dijo.

Él no dijo nada, pero siguió mirándola mientras se movía por la cocina. Encontró dos platos después de revolver un poco, y dos copas de vino. Bajó una botella de Burdeos de su botellero y se giró para encontrarle de pie, a su lado.

-Déjame a mí-le quitó la botella.

-Está bien.

Clara busco un poco más y encontró un sacacorchos que le dio. Él abrió el vino y lo sirvió mientras ella miraba. Sus manos eran hábiles y no le temblaron nunca. Se preguntaba si él tenía alguna idea de quién era ella.

-¿Sabes quién soy?

Él cruzó lentamente la cocina y le dio una copa-Sí. Pero tú no me conoces-dijo.

Clara tomó un sorbo sin apartar sus ojos de los de él.

-Sí sé quién eres. Eres el pequeño capullo al que despedí hoy-comentó.

Él se rio a carcajadas y ella se encontró sonriendo mientras le escuchaba. Parecía realmente divertido, feliz. Clara nunca había conocido a nadie que fuese feliz. No podía leer sus pensamientos para saber si estaba mintiendo. Estaba totalmente en blanco para ella, salvo por sus ojos.

Este tomó un cuchillo y comenzó a cortar el asado. Colocó la comida en los dos platos que ella había encontrado, exactamente como si hubiera servido alimentos durante toda su vida. Levantó su plato y su copa.

-¿Dónde deberíamos comer?-preguntó.

-Aquí, supongo-Clara señaló la enorme isla del centro de la cocina.

La parte posterior de madera de la isla brillaba debido a la cera. Había dos taburetes junto a esta, y él se sentó en uno y empezó a comer de forma natural, como si estuviese en la cocina de su madre. Clara miró la sala en la que casi nunca entraba y comenzó a reír.

-No puedo creer que esté aquí contigo-dijo.

Él la miró-¿No tienes hambre?-preguntó.

-Sí.

-Entonces come.

Nadie le había dado una orden durante años, pero este hombre lo hizo y con indiferencia mientras se llevaba la copa de vino a los labios y bebía. Ella le vio tragando y después lamiendo sus labios antes de que tomase otro bocado. Se quedó mirándole hasta que él la vio a los ojos.

-Siéntate y come, Clara-su voz era suave.

Esta se subió al otro taburete y se llevó el tenedor a la boca. Las zanahorias estaban sabrosas con mantequilla y algo de pimienta. Después probó la carne asada y esta pareció derretirse en su lengua. Aquella era la mejor comida que había tomado en su vida, y había comido en los mejores restaurantes del mundo. Margherita era una cocinera maravillosa, pero Clara sabía que no se debía a eso. Era por la compañía que tenía. Se sintió como si hubiese salido de su vida normal y estuviese en un sitio aparte, un lugar en el que nunca había estado antes, un lugar de paz.

-¿Cómo te llamas?-ella le miró.

-Me preguntaba cuándo se te ocurriría hacer esa pregunta-este volvió a levantar la copa y tomó otro sorbo de vino.

-¿Y bien?

Sus ojos azules brillaban de risa mientras le sonreía-Me llamo Fred-dijo.

-¿Fred?-Clara casi se atragantó con un bocado de patata.

-Eso es.

-¿Tu nombre no es Bruce, Steve, Lance o algo así?

-No. Soy Fred-este sirvió más vino en las dos copas.

Clara empezó a reírse. Sintió una risa profunda subiendo desde el vientre hasta su pecho y que después salió por su boca antes de que pudiese detenerla. Se agarró al borde de la barra de forma agitada; sus nudillos se pusieron blancos. No podía oír sus propios pensamientos. Solo podía reír.

-¿Qué tiene de gracioso mi nombre?

Clara respiró hondo, intentando parar de reírse. Se secó las lágrimas de los ojos. No se había reído con tanta libertad desde que era una niña, jugando en el desierto de Palm Springs mientras perseguía su sombra por las arenas libres.

Observó al hombre que estaba sentado en su cocina. Este había terminado de cenar y la miraba sin ninguna señal de miedo o incomodidad. Clara se quedó mirándole fijamente durante un buen rato hasta que se le ocurrió hablar.

-No sé qué tiene de gracioso. No sé por qué estás aquí. Nadie entra en mi casa sin que le inviten-dijo.

-Sin embargo, aquí estoy.

-Aquí estás.

Su mirada no se apartó de su rostro mientras le sonreía.

-No te acuerdas de mí, ¿verdad?

Clara respiró hondo. Por un momento pensó que podría volver a reírse, pero su oportunidad había pasado.

-Claro que me acuerdo. Nos vimos en la oficina de Bob, durante tu último día de trabajo en Barnett Studios.

-No. Nos conocíamos desde antes de hoy-Fred dejó pasar su pulla sin levantar una ceja.

-No, no es así.

La mirada de Fred no abandonó el rostro de ella-Tenías diecisiete años. Llevabas puesto un vestido verde que hacía juego con el color de tus ojos. Estabas persiguiendo hombres en la fiesta de Stan Hendrickson. Me cazaste a mí-dijo.

Clara frunció el ceño intentando recordar. Había estado en muchas fiestas cuando empezó su carrera; después descubrió que los guateques de Hollywood eran siempre los mismos dramas interpretados por los mismos personajes. Se dio cuenta de que trabajaba más junto a un directivo prometedor llamado Bob Willoughby, así que había dejado de asistir a las fiestas.

No recordaba haber visto a Fred en ninguna de ellas.

-¿Te hiciste un estiramiento facial o algo así?

En ese instante Fred se rio. Casi se atragantó con su Burdeos y balbuceó, dejando su copa de vino.

Cuando pudo hablar se secó los ojos-No, nunca me he sometido a ninguna cirugía. En aquel momento me encontraba trabajando para Stan como aprendiz. No me pagaban nada, pero pude colarme en sus fiestas-dijo.

-¿Qué edad tenías entonces?

-Unos veintidós años.

Clara negó con la cabeza descartando aquello-De ninguna forma me hubiese liado con alguien tan joven. No tenías influencia-dijo.

-No creo que la influencia fuese lo que estabas buscando esa noche.

Clara entrecerró los ojos, deseando poder entrar en su mente. Pensó en sus primeras divagaciones. Hubo algunas noches en las que se había dado el gusto de perseguir hombres simplemente por el placer de hacerlo. Quizá se había acostado con él.

-¿Fuimos a tu casa o a la mía?-preguntó ella.

-A ninguna de las dos. Estuvimos en el baño de invitados del tercer piso.

Clara rio y empezó a relajarse-Sí, eso me suena más a mí-dijo.

El rostro de él se oscureció y sus ojos azules se volvieron añiles.

-Así que tuviste muchos amantes, ¿no?

-Todavía los tengo.

Clara le miró, sorprendida tras ver un espasmo muscular en su mandíbula. Si no hubiese sabido que intentaba manipularla, habría pensado que este estaba verdaderamente celoso.

Le vio tragar y respirar profundamente. Pareció controlarse en aquel momento, ya que su mandíbula se aflojó y sus ojos se alegraron.

-Quizá eso cambie.

-Lo dudo.

Los ojos de Fred no se apartaron de su rostro. Clara sintió que estos eran dos piscinas profundas de color añil en las que podría sumergirse y ocultarse del mundo. Frunció el ceño ante aquel pensamiento seductor. No era una mujer que se escondiese de nada.

-¿Por qué aparcaste mi proyecto?-preguntó.

Él se enderezó sobre su taburete antes de inclinarse para servir más vino. Clara le frenó tapando su copa con la mano. Cuando estaba con extraños su límite eran dos copas.

-Responde a mi pregunta.

Fred dejó la botella de vino y la miró a los ojos. Clara mantuvo su mente centrada en su pregunta para no volver a distraerse por el lujo de tener una conversación normal, sin escuchar los pensamientos del otro, y para no perderse en el azul de sus ojos.

-Tu proyecto se interpuso en mi camino.

-¿Cómo?

-¿De verdad quieres hablar de esto aquí?-Fred se puso de pie.

-Sí-Clara se levantó para encararle.

Este suspiró suavemente y se pasó la mano por su espeso cabello negro.

-Me traslado a otra posición de poder en el estudio. Para que eso sucediese, tu película tuvo que dejar paso a otro proyecto. Lo lamento.

Fred se topó con su mirada con honestidad sencilla. Clara no recordaba cuándo fue la última vez que un hombre había sido sincero con ella, sin contar a Bob Willoughby. Con Bob, ella lograba ver su honradez escrita en sus pensamientos. Este hombre todavía estaba en blanco. Clara había construido su vida confiando solo en lo que pensaban las personas, no en lo que decían.

-No puedo saber lo que estás pensando-dijo ella.

-Lo sé. Eso te gusta, ¿verdad?

-Sí-Clara sonrió ante su atrevimiento.

Él la tomó del brazo y la llevó de nuevo hacia la parte principal de la casa. La luz de la cocina caía sobre la mullida alfombra de la oscura sala de estar. Se podían ver yates flotando en la bahía de Malibú, tras las ventanas de vidrio. La mano de él se quedó sobre su brazo y después se deslizó hasta su cintura.

-Podría hacer que te despidan-dijo ella.

-No, no podrías.

Su mano estaba cálida sobre su espalda. Clara podía sentirla a través de la fina seda de su ropa.

-Pero podrías ponerme las cosas difíciles-dijo-Te estoy pidiendo que no lo hagas.

-¿No hacer que te despidan?

Más que verle, sintió que sonreía en la penumbra.

-No. Te pido que no compliques mi acuerdo. Deja que aparque tu proyecto. Te lo compensaré después.

-Ah, ¿de verdad? ¿Cómo?

Él deslizó la mano por su espalda, con sus dedos acariciando sus omóplatos a través de la gasa de su blusa.

-Estaré en condiciones de hacerte un favor en el futuro si alguna vez lo necesitas.

-No necesito favores.

Clara sintió que se le cortaba la respiración y tuvo que obligarse a concentrarse en sus palabras y no en sus manos.

-Bueno, entonces hazlo como un favor hacia mí.

Clara se rio por lo bajo-Si sabes quién soy, sabrás que nunca hago favores-dijo.

-No gratis.

Los labios de Fred estaban blandos sobre su sien. La besó, rozando sus labios con un toque muy ligero, esperando a ver si ella se oponía. Le estaba dando la oportunidad de decir que no.

Clara no se negó. Se giró hacia él, rozando sus labios contra el borde de su mandíbula. Él se quedó quieto por un rato largo, dejando que sus manos se deslizasen dentro de su chaqueta, por su espalda, hasta sus hombros. Rozó sus labios ligeramente contra los de ella, y después se alejó, esperando ver qué haría.

-Nunca antes había hecho el amor con una diosa de la pantalla.

-No esperarás que me crea eso-Clara rio por lo bajo.

Las manos de él se deslizaron por su espalda, jugando cerca de sus músculos. Una palma de su mano subió por su brazo para divertirse con la tira de su vestido.

-No he dicho que no haya estado con una actriz o con dos. Es solo que nunca estuve con una diosa.

Clara volvió a reírse con una carcajada profunda que le sacudió todo el cuerpo. Se apoyó en él buscando un soporte-No me digas que también escribes guiones-dijo.

Le sintió sonreír contra su cabello mientras sus labios rozaban la parte superior de su cabeza.

-Todavía no.

Movió las manos sobre sus hombros y su blusa cayó al suelo, a sus pies. Su risa desapareció cuando él se inclinó y tapó su boca con la suya. El roce de sus labios fue ligero al principio, hasta que ella abrió su boca bajo la de él. Su sabor la hizo balancearse y se agarró a su chaqueta. Él la atrajo hacia donde estaba y siguió besándola, pasando sus manos sobre sus hombros hasta que las tiras de su vestido se deslizaron bajo las palmas de su mano.

-Te deseo-la voz de Clara sonaba ronca en sus propios oídos.

Esta no recordaba haber hecho una confesión así a ninguno de sus amantes. Debía estar perdiendo la cabeza. Fred tiró de ella hacia la mullida alfombra que cubría el suelo de su sala de estar, y durante los siguientes minutos Clara se olvidó de su carrera, de su película e incluso del hecho de que no podía leer la mente de este hombre. Simplemente se permitió disfrutar del momento.

Cuando terminó la tormenta de emociones, Clara dejó su mejilla descansando sobre su pecho, escuchando el estruendo de los latidos de su corazón. Se quedaron tumbados juntos en silencio, durante un rato largo antes de que Clara hablase.

-Ahora me acuerdo de ti.

-No lo dudo.

Ella se rio de él-Y esto no es un premio, así que no pienses que lo es-dijo.

-¿No?-este la mordió suavemente en el cuello hasta que ella chilló como si fuese una adolescente.

-No.

-¿Qué es lo que quieres?

Clara sonrió, pasando sus manos distraídamente por los duros músculos de su pecho, sintiéndose grande.

-Ya te lo diré.

Fred salía de la ducha cuando Clara descolgó el teléfono.

-Hola, Donna.

-Hola. Pareces estar mejor.

-Mejor que ayer.

-Sobre ese vicepresidente, Clara…

-Quiero que te olvides de él, Donna. He decidido dejarlo pasar.

Fred arqueó la ceja mientras frotaba una toalla sobre su cabello mojado.

-Me alegra oírte decir eso, Clara. Su puesto en el estudio tiene más peso de lo que creía. Estuve recopilando información sobre él…

-Sigue haciéndolo, Donna. Ahora quiero que te acerques a Sony con el proyecto y veas si ellos pican.

Donna cambió la velocidad de la conversación suavemente-Está bien. ¿Quieres algún director en concreto?-preguntó.

-No. Deja que sean ellos quienes elijan al director como un gesto de buena fe. Me quedaré con quien me den, a cambio de que ellos tomen mi proyecto.

-Muy bien. Ahora, como estén recelosos…

-No lo estarán. Si Stan te da algún problema, llámame.

Donna se rio-Está bien. ¿A quién pretendo engañar? Te llamaré con las propuestas tan pronto como las tenga-dijo.

-Gracias, Donna-Clara colgó el teléfono.

-¿Así que nos estás quitando el proyecto?

-Claro que sí. Si vosotros no lo queréis, Sony lo hará.

Fred sonrió contra su piel mientras le daba un beso en el cuello-¿Estás segura de que no lo volverás a pensar? Solo tengo que dejarlo a un lado durante seis meses o un año-dijo.

Clara se echó a reír, pasando su mano por el cabello de este, que todavía estaba húmedo.

-¿Estás intentando torearme, Fred? El proyecto no puede hacerse.

-Creo que los dos sabemos que eso no es cierto.

-No fuerces las cosas-Clara se apartó.

-Te amo, Clara-este tomó su pelo entre sus manos y la atrajo hacia él.

Sus ojos estaban serios. No pudo ver ningún indicio de humor en ellos. Sus manos eran suaves y sus dedos le acariciaban la mejilla. Sabía que él no era un psicópata, así que sus palabras solo eran un torpe y malpensado intento de manipularla. Por algún motivo, aquello no la hizo enfadar. La decepcionó. Por fin supo en qué punto se encontraba. Incluso sin leerle la mente, sabía muy bien cómo lidiar con los débiles intentos de manipulación por parte de otras personas y con su propia decepción.

Casi se alegraba de que este la hubiese traicionado como ella esperaba. Simplemente le había llevado más tiempo que a los demás.

Intentó mantener las emociones lejos de su voz, pero no lo consiguió. Pese a todos sus esfuerzos y a los años de estricto autocontrol, todavía escuchaba el enfado cuando le contestó.

-Maldita sea, no.

-¿Cómo puedes saberlo?

Ella intentó apartarse, pero él la hizo caer y la sostuvo contra sus sábanas de seda.

-Te amo, Clara.

-Sony tendrá el proyecto de todos modos.

-Me importa un bledo el proyecto, Clara. Se lo pueden quedar. Tengo más.

-Apuesto que sí.

Este bajó su boca hacia la de ella y Clara se quedó quieta durante un rato largo, pero sus labios funcionaron sobre los de la mujer hasta que ella abrió la boca. Estos estaban cálidos contra su oído.

-No puedes dejarme fuera, Clara-susurró.

-Claro que puedo.

Fred volvió a reírse, y toda la ternura desapareció de sus ojos como si nunca hubiese estado ahí. La besó por última vez y se puso de pie, moviéndose para vestirse.

-Eso lo veremos-dijo.

5

PALM SPRINGS, 2010

Clara vio parpadear las luces del árbol de Navidad en la suave penumbra del estudio. Las antigüedades de su madre estaban ocultas en la oscuridad, eran siluetas indistinguibles que parecían acecharla, burlándose de ella. La habitación estaba decorada en los tonos verdes y dorados favoritos de su madre, aunque Clara no veía nada más que oscuridad y la alfombra verde oscuro apagado bajo sus pies.

Era casi medianoche en la víspera del día de Navidad y el personal doméstico se había marchado a casa por vacaciones. Estos no volverían hasta dentro de dos días. Darren y la madre de Clara se encontraban en una fiesta en el club de campo y Clara estaba sentada sola, escuchando el silencio.

Por primera vez en su vida el silencio no fue su compañero bendito, sino una carga que quiso abandonar. Anteriormente, durante la tarde, había visto la televisión, pero el vacío provocado por las vacaciones de otras personas le amargó el ánimo y pronto apagó el televisor. Después escuchó música, pero el rock and roll la puso de los nervios y Mozart le recordaba a su tía April, así que la quitó.

Clara observó cómo las bombillas de colores iluminaban el techo de más de tres metros y medio de altura sobre ella y sobre la alfombra Aubusson que estaba a sus pies. Quiso caminar por el jardín y salir al desierto, donde podría vagar durante horas sin sentirse sola nunca. Sin embargo, hacía frío y había luna llena, por lo que el lince estaría merodeando ahí fuera.

Se puso de pie y caminó por la espesa blandura de la alfombra Aubusson. Esta parecía mantenerla a flote y apoyarla, aunque Clara sabía que ese efecto era un espejismo y que debajo estaba la madera dura. Su madre le había comprado la alfombra como un regalo de Navidad dos años antes. Un mes más tarde, esta conoció a Darren y el mundo de Clara cambió.

Se quitó de la cabeza los pensamientos sobre su madre y el marido de esta y los metió en un cuarto oculto en el fondo de su mente, para después cerrar la puerta. Era Navidad y no quería pensar en Darren si no tenía que hacerlo.

Clara se sentó en la alfombra mullida y pasó los dedos por ella. Como un retazo de la época anterior a conocer a Darren, aquello le trajo consuelo. La mayor parte de la casa había sido cambiada desde su llegada, pero al igual que ella, esta alfombra había sobrevivido. La suavidad bajo sus manos le recordó al último regalo que le había hecho la tía April, el suéter de cachemira que Clara nunca se había puesto.

A veces sacaba el suéter y lo miraba. Este estaba oculto en el fondo de un cajón, todavía envuelto en el papel de seda. Clara sacaba la caja lentamente y desenvolvía el papel con cuidado para no romperlo. Sostenía el suéter, aún doblado en su regazo, y pasaba su mano por encima cuando se sentía especialmente débil. En una ocasión incluso se había acercado para respirar su aroma. El perfume de su tía todavía estaba ahí, adherido a los pliegues de la cachemira.

Cuando Clara se vio haciendo eso dejó de sacar el suéter de su cajón, por muy sola que se sintiese. No había visto esa prenda durante más de un año.

Se quedó mirando las ramas del abeto que su madre había

encargado al florista. Los colores rojo y verde estaban de moda este año, y todo el árbol se hallaba cubierto exclusivamente de bolas rojas y verdes, con luces de esos mismos colores que parpadeaban. Clara prefería el árbol blanco y plateado del año pasado. Aquel era frío, pero la monstruosidad de este año le hacía daño a los ojos.

Recordó la Navidad anterior a la boda de su madre, la Navidad que pasó ella sola junto a su tía en Nueva York. Su tío se había marchado a Alemania por asuntos de negocios, y su madre se había ido con Darren a Cancún. Clara llegó ella sola en un avión procedente de Palm Springs y su tía April la recibió en el aeropuerto con una enorme caja atada con una cinta verde. La muchacha abrió el paquete mientras estaba en la terminal y encontró un abrigo forrado de piel y un sombrero colocados en el papel de seda. April sabía que Clara no tenía nada de ropa de abrigo y que su madre, Jessica, no había pensado en el frío.

Envuelta en su abrigo de visón, Clara se sentó en la parte de atrás de la limusina de su tía mientras se dirigían a la ciudad desde LaGuardia, respirando el olor del cuero y el humo del tabaco de su tío. Observó cómo los edificios de Manhattan se levantaban ante ella mientras cruzaban el puente de Queensboro hacia la ciudad.

April la llevó al ático de Park Avenue. Aunque la ciudad estaba justo fuera del cristal de las ventanas, Clara no podía escuchar el ruido del tráfico mientras miraba hacia abajo, desde la sala de estar de su tía. Esta se hallaba decorada de color blanco, con almohadas blancas y una zona con una alfombra igualmente blanca que parecía que nadie había pisado nunca. Clara dudó antes de entrar, y la tía April se echó a reír, rodeándola con un brazo para que pudieran pisar juntas la alfombra inmaculada.

Aunque estaban en pleno invierno, la casa de April se encontraba llena de flores, y Clara podía oler el aroma de las rosas y los gladiolos mientras caminaba por el pasillo de mármol pulido hacia su dormitorio. No había traído ningún vestido lo bastante bonito para llevar durante una noche ceremoniosa en Nueva York, pero April también había pensado en eso. Un vestido de seda verde se encontraba extendido sobre los pies de la cama de Clara, como si la propia Clara lo hubiese dejado allí, listo para ponérselo cuando llegase a casa. Esta alargó la mano y tocó la seda de forma reverente, deslizándose entre sus dedos como si aquello fuese una anguila. Ese vestido fue la primera cosa de seda que llevó en su vida.

April mandó a su sirvienta a la habitación de Clara antes de que salieran, y la mujer cepilló el cabello de Clara hasta que este quedó reluciente. Colocó las suaves hebras en un elaborado moño en la nuca. Cuando Clara se miró en el espejo dorado, sonrió. Parecía que tenía dieciséis años.

Su tía la recibió en la puerta del ascensor con una sonrisa en el rostro-Eres adorable, cariño-dijo.

Ahora, mientras se hallaba tendida bajo el árbol de Navidad de su madre, Clara aún podía sentir el roce suave y fresco de los labios de April en su mejilla.

Toda esa semana en Nueva York Clara se sintió como si estuviese bajo un encantamiento, y su tía era el hada que la había llevado a otro mundo. Clara y April habían cenado solas en lujosos restaurantes y habían ido al teatro cada noche, porque April sabía que a la niña le encantaba eso. Una noche fueron al Lincoln Center para escuchar el Réquiem de Mozart. Clara pensaba que aquello era música extraña que se tocaba en Navidad, pero cuando la escuchó, los acordes poderosos bloquearon todos los pensamientos sobre cualquier otra cosa.

El sitio favorito de Clara en Nueva York era el Museo Metropolitano de Arte. Caminó por este junto a su tía, dándose cuenta de que estaba en un santuario construido en honor a las personas fallecidas hace mucho tiempo. Avanzaron lentamente por las colecciones del museo, y Clara marcaba el ritmo. April observó a su sobrina empapándose con las vistas de las reliquias de cada civilización, una tras otra. Clara nunca había visto nada tan antiguo como el templo egipcio que estaba solo en un ala de cristal.

Tomaron té en la cafetería que había junto al jardín de esculturas con vistas a Central Park. Pudieron ver el obelisco egipcio, que se encontraba afuera como si fuese un centinela. Clara quiso salir a verlo más de cerca, pero estaba a punto de ponerse a llover, así que se quedaron dentro.

En Nochebuena se quedaron en casa. Todos los sirvientes se habían marchado para estar con sus familias, y Clara se sentó frente al fuego con su tía, tomando sidra caliente ligeramente mezclada con coñac. La leña de roble ardía sin parar y se sentaron en silencio, escuchando el fuego y viendo caer la nieve. Era pronto para que nevase. La tía April rio y dijo que había encargado la nieve a Saks Fifth Avenue solo para Clara.

La niña se quedó dormida esa noche frente al fuego sobre la suave alfombra de felpa, con el roce de la mano de su tía sobre su cabello.

Clara salió de sus recuerdos bruscamente, mordiéndose el labio inferior. El dolor de su labio la distrajo de sus pensamientos y parpadeó. Se le escaparon las lágrimas, deslizándose por sus sienes y por su cabello, y se las secó.

Miró el árbol de Navidad verde y rojo de su madre con asco. Cerró el tiro de la chimenea para consumir el fuego moribundo tras las puertas de cristal. Antes de girarse para subir las escaleras, puso la mano sobre el interruptor que iluminaba el árbol. Dudó por un momento antes de pulsarlo y envolverse a sí misma en la oscuridad.

La luna estaba llena en lo alto del cielo nocturno. Su luz se filtraba por el pasillo desde el invernadero. Cuando Clara pasó por su habitación favorita, no se fijó en el césped y en el desierto tras la ventana como solía hacer. Pasó por la habitación en silencio y subió la escalera curva hasta su dormitorio en el segundo piso.

Clara había vuelto a casa desde el internado durante las vacaciones, en contra de su buen juicio. No cometería el mismo error el año que viene.

La casa vacía era tan hueca como el vientre de una ballena y Clara se sentía como si flotase ella sola en un mar vacío. Escuchó el eco cuando el reloj de caja del vestíbulo dio las doce de la medianoche.

6

PALM SPRINGS, 2010

A LA MAÑANA SIGUIENTE CLARA DURMIÓ HASTA TARDE. Cuando despertó, el sol ya estaba en lo alto, sobre el desierto, y los aspersores cubrían el césped con una fina capa de humedad que sería absorbida por la hierba y el aire seco tan pronto como cayese. Clara se quedó en la cama durante un rato largo, escuchando la inutilidad de los aspersores en funcionamiento, y comprendió que sin su constante movimiento los preciados jardines de su madre se convertirían en polvo bajo el sol.

Clara se puso los pantalones cortos, sabiendo que en el desierto haría calor ahora que había salido el sol. Tuvo la precaución de guardar silencio mientras bajaba la escalera principal, ya que su madre y Darren todavía estaban dormidos. Pasó desapercibida cuando entró en la cocina y llenó su mochila con pan, agua y queso. La cocina estaba totalmente en silencio sin Carol, el ama de llaves, ni Brenda, la cocinera, moviéndose por ahí. Clara sintió por un momento un miedo supersticioso por si se hubiera equivocado de casa, una casa que carecía de la presencia continua y tranquilizadora de las empleadas. Salió de la cocina lo más rápido que pudo, moviéndose silenciosamente con sus zapatillas de tenis para no romper el encanto del lugar.

Atravesó el césped observando el circuito de aspersores mientras comenzaba a regarse el extremo este de la hierba. Tendría que calcular el tiempo que tardaría en volver para poder mojarse con los aspersores que daban a la parte trasera del césped. Después pasaría calor y el agua fría le sentaría bien a su piel.

El aire ya era cálido y Clara suspiró de gusto mientras atravesaba el extremo del césped bien cuidado de su madre hacia el desierto. El calor la recibió y ella sintió como si hubiese atravesado una pared hacia otro mundo. Como era diciembre solo había unos 26 grados. Clara lo agradeció. Al encontrarse fuera, en el colegio, tantos meses al año, ya no estaba acostumbrada al calor del desierto. Se detuvo para tomar un sorbo de agua antes de seguir caminando.

Echaba más de menos el desierto cuando se encontraba en el colegio de Colorado. Vivía y estudiaba en las montañas, y los álamos eran verdes durante todo el año, salvo cuando estaban cubiertos por la nieve.

El pueblo en el que vivía estaba diseñado para que pareciese una aldea suiza y fue construido como apoyo a la escuela secundaria para chicas a la que ella asistía. Las únicas personas que vivían allí trabajaban en la escuela de alguna forma, y sus familias lo hacían en el pueblo, regentando lujosas tiendas que vendían chocolate y las últimas tendencias en moda procedentes de Nueva York. El pueblo era perfecto para las familias de nuevos ricos que dejaban a sus hijas en la escuela durante todo el año. Con Aspen a tan solo treinta y dos kilómetros de distancia, los padres ricos podían pasar un fin de semana esquiando y viendo a sus hijas al mismo tiempo, aliviando así sus conciencias antes de marcharse a París o a la costa Amalfitana, donde sus hijas sabían que ellos preferirían estar.

A Clara no le importaba el frío de Colorado tanto como

pensaba. Hasta la nieve tenía su propia belleza cuando estaba fresca y aún no había sido pisoteada por las botas de las adolescentes. Le encantaba hacer largas caminatas por los senderos de las montañas, cuando el exceso de charla femenina y mentes adolescentes era más de lo que podía soportar. Sin embargo, nada pudo sustituir al desierto en su alma, ni siquiera las montañas majestuosas y los cielos azul profundo. Incluso en verano, cuando las flores estaban saliendo en las montañas y ella sentía que Heidi podía aparecer saltando desde un seto en cualquier momento, el anhelo de Clara por el desierto suponía un dolor físico.

Se detuvo durante un momento para contemplar el desierto frente a ella, que se extendía hasta las montañas, a lo lejos. Se sentó en una roca que ya estaba caliente al tocarla, con cuidado de no quemarse los muslos. Sabía que estaría morena para cuando volviese a la escuela dentro de una semana, y todas las que no hubiesen ido a Biarritz de vacaciones sentirían envidia.

Clara destapó su botella de agua y bebió de ella lentamente, mirando a un halcón que volaba por encima de su cabeza hacia las montañas lejanas. Había pocos animales en el desierto a esta hora del día. Todos ellos, grandes y pequeños, eran lo bastante inteligentes como para ocultarse del sol y el calor del mediodía. Clara sonrió. Ella no era tan lista. Fue la única que quedó expuesta.

Se comió el pan y el queso y observó cómo las sombras comenzaban a deslizarse un poco hacia el este. Se puso de pie y se estiró. Por mucho que quisiera desaparecer en el desierto y no regresar jamás, sabía que no lo conseguiría. Había caminado unos cinco kilómetros y tenía que emprender el viaje de vuelta. Siempre existía la pequeña posibilidad de que su madre la estuviese buscando.

Mientras arqueaba la espalda para liberar las últimas tensiones, sintió un escalofrío en la nuca. El silencio del desierto fue roto por el sonido de unas botas sobre la roca. Su refugio había sido violado. Clara sintió una oleada de ira que rápidamente reprimió.

Escuchó los pensamientos de Darren antes de verle y tuvo problemas para levantar un muro mental contra él. Rodeada de tanto vacío, había dejado que su mente divagara. Nunca antes había habido nadie en el desierto de quien protegerse.

Clara cerró su mente, pero no antes de ver el destello de lujuria tras los ojos de Darren, que él siempre se ocupaba de ocultar. Este se detuvo a dos metros de ella y le brindó su sonrisa infantil.

-Así que de excursión, ya veo-dijo.

Su dentadura perfecta brillaba bajo el sol del desierto y su rostro bronceado estaba ligeramente húmedo. Clara apreció que este no llevaba una botella de agua, y sin decir una palabra, le ofreció la suya.

-No pensé que llegaría tan lejos-este dio un paso hacia ella y le quitó la botella, con los dedos rozando su mano.

Clara se quedó quieta y se obligó a sí misma a no retroceder. Darren bebió intensamente, y ella vio cómo se movían los músculos de su garganta. Este sonrió y le devolvió la botella de agua.

-No deberías salir de caminata por aquí sin llevar agua-dijo ella.

-Tu madre siempre me lo dice. No lo suelo hacer. Supongo que me olvidé.

No se marchó de su lado, sino que permaneció junto a ella durante un rato largo. Esta pudo sentir su aliento en su cabello. Clara reprimió otra oleada de ira, disimulándola como si fuese él quien tuviese el don y pudiera leer sus pensamientos. Le rodeó hábilmente, deslizando la botella de agua en su mochila. Él salió de su contemplación y le brindó la sonrisa infantil que se había ganado el corazón de su madre.

-¿Te importa si regreso contigo?-preguntó.

Clara se tragó la verdad que le subió a los labios-No-dijo.

Retrocedió por donde había venido. No vio nada del desierto a su regreso, aunque la caminata hasta la casa solía ser el aspecto más agradable del viaje, con el sol deslumbrándole los ojos cuando este comenzaba a hundirse en el oeste. Darren caminó en silencio a su lado hasta que vieron los jardines de su madre.

-Bueno, ha sido bonito-dijo-Siempre me he preguntado dónde desapareces cuando llegas a casa.

A pesar de sus escudos mentales, Clara logró meterse en la mente de él en ese momento. Este la había visto salir de su casa y la había seguido. La claridad del día se vio empañada al saber aquello. Clara tragó saliva contra la bilis que subía por su garganta.

-No me voy muy lejos-dijo ella.

Este se detuvo y la miró mientras pisaban el exuberante césped de su madre.

-No, supongo que no.

Clara se apartó de él, dirigiéndose a la zona del césped que en ese momento estaba siendo regada. Él no la siguió, sino que se protegió los ojos de la puesta de sol.

-Te veré en la cena, Clara-dijo.

Ella no contestó, agitando la mano de forma indiferente. El agua fría de los aspersores la alcanzó y jadeó. Sintió la necesidad de lavarse tras pasar una hora ante su presencia. No miró atrás, pero le sintió cuando se metió en casa. Una vez allí, este estaba demasiado lejos para que ella pudiese leer sus pensamientos. No tenía forma de saber si él seguía mirándola desde una de las ventanas de la planta baja. Prefería no saberlo.

Clara se puso su vestido nuevo de seda verde para cenar esa noche. Se lo compró en una de las tiendas de moda del pueblo cercano a su escuela. Era la clase de vestido que su tía le habría comprado en un mundo distinto, el tipo de vestido apropiado para ir al teatro en Nueva York. Este se le pegaba a las caderas, y sonrió al ver su reflejo en el espejo. No se iba a esconder porque su padrastro fuese un cabrón vicioso. Incluso con catorce años de edad, Clara no era una mujer que se escondiese de nada.

Mientras bajaba la escalera curva, Clara escuchó a su madre maldiciendo en la cocina. Jessica estaba intentando calentar la cena gourmet que Brenda les había dejado, y parecía que los esfuerzos de su madre por encender su propio horno no iban bien.

Clara permaneció de pie en el pasillo y oyó a Darren hablando con Jessica con voz tranquilizadora.

-Jess, no te preocupes por eso. Pediré una pizza-dijo.

Clara escuchó la voz vaga de su madre mientras lloraba sobre el hombro de su marido. Este la tomó en sus brazos y le susurró algo para que Clara no pudiese oírle. Esta se hallaba junto a la puerta de la cocina, y Darren volvió la mirada hacia ella, encontrándose con los ojos de la muchacha por encima de la cabeza de su madre. Vio su vestido verde y Clara se estremeció cuando la miró fijamente. Quiso subir las escaleras y quitarse el vestido, pero no era de esas que se retiraban, incluso cuando sabía que había sido derrotada.

Cuando Darren habló, su voz sonaba normal, como la de cualquier hombre que habla con una niña.

-Bueno, niña, ¿de qué quieres la pizza?

Se sentaron en el comedor. Carol había puesto la mesa dos días antes, así que todo lo que tenían que hacer ellos era quitar las servilletas de los platos de porcelana. Había polvo en la copa de Clara y esta lo quitó con su servilleta de lino. Darren le llenó la copa hasta el borde y Jessica no hizo ningún comentario.

Clara se dio la vuelta para mirar a su madre, que estaba sentada presidiendo la mesa. Ella parecía extrañamente frágil, con sus ojos azules más abiertos que de costumbre. Jessica no apartó los ojos de su marido, le miraba como si él tuviese la respuesta para todo. Aún estaba molesta por quemar la cena.

Darren era muy atento con la madre de Clara, llegando incluso a darle a probar la pizza de su propio plato. Su dulce atención hacía reír a Jessica, y esta perdió la mirada de perplejidad que inundó sus ojos tras haber quemado el coq au vin. Clara reprimió un suspiro. Era una extraña en su propia casa. Ver a su madre con Darren la hizo ser cada vez más consciente de aquello.

Darren tenía una carga encima con ella allí. Clara podía sentir fluyendo la atracción de él hacia ella en oleadas, aunque este estuviese sentado en el otro extremo de la mesa, junto a su madre, cantándole al oído. Le encantaba acercarse a Jessica mientras Clara les miraba. La muchacha contaba en silencio los días que faltaban para regresar a la escuela. Eran demasiados.

Estaba sopesando si debía tomar un vuelo de regreso una semana antes, cuando la voz de su madre la sacó de sus pensamientos.

-Clara, cariño, come un poco más-dijo.

Clara sonrió a su desconsiderada madre, disfrutando de su atención momentánea.

-No, mamá. Estoy llena.

-Bueno-los ojos de Jessica brillaban con alegría infantil-Tenemos una sorpresa para ti.

Clara parpadeó. Su madre no le había regalado nada por Navidad durante años. Vio cómo Darren traía una gran caja atada con una cinta roja y verde.

-Espero que no sea un perrito-bromeó Clara sin entusiasmo.

Jessica se rio, emitiendo un sonido como el tintineo de las campanas, como si Clara hubiese hecho un comentario ingenioso.

-Ábrelo y mira-dijo.

Clara intentó ignorar la mirada de Darren, que recorrió

su piel mientras esta arrancaba el papel y la cinta que cubrían su regalo. Abrió la caja con cuidado, saboreando el momento. No recordaba la última vez que su madre le había hecho un regalo.

Retiró el papel de seda y encontró un camisón negro en el interior. Era precioso y estaba adornado con delicados encajes y cuentas de azabache. Parecía algo más apropiado para una mujer de treinta y cinco años; la ropa que usaría la amante de alguien. Clara tragó saliva y mantuvo su rostro sin expresión alguna para no desvelar su dolor. Sabía que fue Darren quien compró el regalo. Su madre no tenía nada que ver con ello.

Clara tocó el camisón de seda con cautela antes de cerrar la caja.

-Gracias-esta respiró profundamente antes de encontrarse con la mirada de Darren.

-Me alegro de que te guste, muchacha-la miró con atención, tratando de valorar su reacción.

No podía saber lo que ella pensaba sobre aquello, y se lo preguntaba.

-Bueno, dale un beso a tu padre, cariño, y después a mí también. Tenemos planes para esta noche y llegaremos tarde a casa-Jessica se acomodó en su silla sonriendo.

Clara se levantó de su asiento y se acercó a Darren. Este levantó su rostro para encontrarse con sus labios, pero ella le besó en la frente.

-Gracias, Darren-dijo.

-No hay de qué.

Pudo apreciar que estaba decepcionado y que desearía estar a solas con ella. Esta frunció el ceño por su atrevimiento. Clara se dio cuenta de que iba a tener que alejarse por completo.

Se giró hacia su madre y Jessica puso la mejilla para recibir un beso. Esta olía a un perfume dulce y ligero, como el aroma de la lluvia de verano en los árboles de Colorado. Clara se inclinó hacia su madre durante un momento demasiado largo, pero no pudo obligarse a sí misma a apartarse.

-Gracias, mamá.

-De nada, corazón. Feliz Navidad.

Más tarde, durante esa noche, Clara subió las escaleras de la casa vacía con su regalo de Navidad. Dejó la caja en su cama y sacó el camisón que Darren le había dado. Vio que este había sido cosido a mano en Francia.

Se quitó la ropa y se puso el camisón por la cabeza. Este encajaba perfectamente, como si la hubiesen medido. Sintió un escalofrío al preguntarse cuánto tiempo la había estado observando para poder haberle dado sus medidas con tanta precisión a una costurera a la que nunca había visto.

Clara se quitó el camisón con un movimiento rápido y lo lanzó otra vez a la caja. Se puso un pijama de franela y escondió el camisón nuevo en el fondo de un cajón, donde no tendría que volver a verlo.

Sintió una aversión repugnante deslizándose por su piel, y la frialdad amenazó con asentarse en su estómago. Clara se obligó a sí misma a reír para que la frialdad se marchara antes de que pudiese fijarse sobre ella. Estaría condenada si permitía que el trastorno de ese hombre entrara en su mente y la infectase como si fuera un cáncer. Se obligó a bromear, aunque no se reía.

Darren era un cabrón vicioso que debía morir, pero tenía un gusto exquisito.

7

COLORADO, 2013

A LOS DIECISÉIS AÑOS CLARA YACÍA EN LA CAMA, MIRANDO A la oscuridad. Escuchaba susurrando a las chicas a su alrededor. Habría suspirado, pero sabía que la escucharían, así que se aguantó. No había recibido una llamada telefónica de su madre desde hace más de un mes, y cuando llamaba a la casa de Palm Springs, Jessica y Darren siempre estaban fuera.

Sabía cómo sería la vida después de la boda de su madre. Darren siempre estaba al acecho en casa, al acecho de Clara. Su presencia constante era lo que la había llevado a un internado en primer lugar. Aunque sabía cómo iba a ser la vida tras la luna de miel de su madre, la presciencia no hubiese hecho que fuera más sencillo vivir con la realidad. Le sentaba mal tener que huir de su propia casa. Durante los últimos tres años se había sentido como una refugiada.

Siempre existía la posibilidad de que Darren muriera asesinado por un golpe en la cabeza de una pelota de tenis extraviada de algún miembro de la alta sociedad. Clara esperaba eso en vano, como quien desea que llueva en el desierto, sabiendo que no ocurrirá. No podía desearle la muerte. Clara descubrió que aún era demasiado supersticiosa para eso, aunque había superado su miedo a la oscuridad cuando tenía tres años.

Clara compartía habitación con una chica de Inglaterra que hablaba con acento arrastrado y actuaba como una reina. Su nombre era Clarice y sus padres la llamaban una vez a la semana, aunque estos vivían a más de ocho mil kilómetros de distancia. Clara se preguntaba por qué la chica había venido hasta Colorado para estar en un internado. La mayoría de los europeos ricos mandaban a sus hijas a colegios en Suiza o Francia. Clara pensó que quizá Clarice no era lo bastante inteligente para ir a esas escuelas, aunque el dinero a menudo solucionaba esos problemas. Tal vez la muchacha estaba huyendo de algún demonio interior. Clara no miró en su mente para saber de qué se trataba, y supo que era mejor no preguntar.

Aunque llevaba dos años viviendo con Clarice, no sabía casi nada sobre ella. Tras la primera semana, Clarice abandonó las preguntas corteses y cautelosas sobre el estado de los asuntos de Clara y desde entonces no le preguntó nada en absoluto. Clara encontraba tranquilizante la presencia de la muchacha, su reserva británica tapaba cualquier defecto que pudiese tener, como su tendencia a lanzar medias sobre los radiadores de la habitación.

Clarice acababa de regresar tras un mes de ausencia con sus padres en Niza, y ahora estaba tumbada sobre la alfombra junto a Clara. Las chicas de la residencia de Clara decidieron que esa noche, víspera de Año Nuevo, era el momento perfecto para hacer una fiesta de pijamas en la sala de recreo. Las muchachas estaban como nuevas tras las vacaciones y habían sido enviadas de vuelta a la escuela para que sus padres pudiesen disfrutar de la bienvenida al Año Nuevo sin restricciones.

Clara había intentado evitar la fiesta de pijamas por completo, pero la gobernanta de la residencia se acercó a ella e insistió en que fuese. Ya que Clara había pasado la mayor parte de las vacaciones de Navidad en la escuela, sola, la gobernanta estaba segura de que tenía que estar algún tiempo con las demás chicas. Clara sabía que era mejor no discutir con la mujer diminuta. La señora Perlman hablaba con voz suave y siempre usaba suéteres tipo cárdigan en colores pastel. Sus tonos suaves encubrían una voluntad de acero. Era la voz de la autoridad en su residencia y nadie se atrevía a desafiarla. Clara sabía que no merecía la pena enfrentarse a ella.

Se tumbó sobre sus mantas de cachemira, escuchando a Clarice roncando ligeramente, y suspiró. Nadie la oyó, y las chicas que todavía estaban despiertas charlaban sobre los chicos con los que querían acostarse. Aquellas que ya habían tenido relaciones daban detalles a las que no lo habían hecho, de forma cuidadosa, como un farmacéutico que reparte pastillas. Las chicas experimentadas acumulaban su información con sumo cuidado, y las demás pagaban lo que fuese por conseguirla y así tener respeto y una posición.

Clara tenía una reputación porque era una persona solitaria. Era tan guapa y rica como cualquiera de las demás chicas de la escuela. La familia de su madre era más famosa que la mayoría de las otras familias, y el dinero de esta tenía unos cincuenta años más. Clara se guardó aquello para sí misma, por elección propia, así que su compañía e interés eran premios codiciados que la mayoría de las chicas nunca ganaron.

La gente susurraba a sus espaldas insinuando que ella era una snob. Clara siempre había podido escuchar los cuchicheos secretos de los pensamientos de los demás. No le sorprendió que la gente pensara mal de ella. Las personas tenían pensamientos malvados la mayor parte del tiempo. Pensaban mal el uno del otro, de ella, de gente que ni siquiera conocían. Clara no se tomó como algo personal el hecho de que no le agradase a nadie. Ella sabía que las demás tampoco se gustaban a sí mismas. Podía leer sus mentes, y sabía que se despreciaban tanto como a ella.

Clara volvió a suspirar, y otra vez nadie la escuchó. Se preguntaba cuánto tiempo más duraría la charla y cuándo podría dormir. Eran las tres de la mañana y tenía un examen de química el primer día del nuevo trimestre, prueba para la cual no había estudiado.

Ella era una alumna indiferente, no por falta de inteligencia sino por falta de interés. Clara no iba para matemática, escritora o política, y no necesitaba las clases a las que asistía. Sin embargo, se aseguraba de mantener el aprobado. No quería verse obligada a abandonar la escuela debido al fracaso académico. Ese lugar era su refugio y lo protegía celosamente.

La puerta hacia el pasillo se abrió y un rayo de luz cayó sobre la mullida alfombra. La señora Perlman se encontraba allí, con un suéter puesto sobre su camisón de franela. Las chicas guardaron silencio, preguntándose si las obligarían a dormirse.

Sin embargo la señora Perlman no les hizo reproches. Entró en la habitación y se detuvo junto a la cama de Clara. Se inclinó y tocó suavemente el hombro de Clara.

-Señorita Daniels, ¿puedo hablar con usted un momento?

Clara sintió que se le encogía el estómago. Se levantó y siguió a la mujer hasta el pasillo. Darren estaba ahí fuera, con el sombrero en la mano, moviéndose incómodo. No había dormido durante algunos días y tenía ojeras bajo sus ojos azules.

Clara supo que algo malo le sucedía a su madre, pero no logró descubrir más cosas en sus pensamientos. Un muro de temor se levantó en su interior bloqueando sus mentes para ella, y se quedó a la deriva. Observó los delgados dedos de las manos de Darren mientras este agarraba su sombrero. La señora Perlman le tocó el brazo y Clara se obligó a sí misma a mirarla a los ojos.

-Clara, tu madre está muy enferma-dijo.

La muchacha tragó saliva y dio con su voz.

-Lo sé.

La señora Perlman no pareció sorprenderse por este reconocimiento, sino que lo aceptó como si se tratase de somnolencia o confusión.

-Tu padrastro ha venido para llevarte a casa.

Clara parpadeó al oír hablar de Darren como si fuera alguien relacionado con ella, y la niebla que cubría su mente se despejó. Entonces leyó sus pensamientos. Su madre llevaba enferma algún tiempo y él no se lo había contado.

Se giró hacia Darren-¿Tienes un avión esperando?-preguntó.

-En el aeropuerto-dijo lo evidente a su manera, eternamente estúpida.

Su mirada nunca abandonó el rostro de ella, salvo una vez, para deslizarse sobre su cuerpo, buscando sus curvas bajo su grueso vestido de franela. Clara sintió que su desprecio hacia él crecía en una oleada de bilis, y se la tragó.

Este cabrón era la familia más cercana de su madre y tomaría todas las decisiones médicas por Jessica. Clara sintió la fragilidad de aquello, junto con un miedo nauseabundo. Esperaba que el médico de su madre le dijera lo que le estaba pasando. Si no, tendría que ahondar en la mente de Darren, que era un pozo oscuro, para encontrar las respuestas que buscaba.

-Haré la maleta-escuchó su propia voz muy tranquila, como si fuese la voz de otro.

La señora Perlman volvió a tocarle el hombro con suavidad.

-Lo siento, Clara.

Miró en la mente de la mujer y descubrió que Jessica se estaba muriendo de cáncer, la misma enfermedad que había acabado con su abuelo años antes.

Clara se obligó a sí misma a hablar. Se aseguró de poner un tono de voz amable y suave, porque la señora Perlman siempre le había deseado lo mejor.

-Gracias-dijo.

Se giró para ir hasta su habitación y Darren se movió para seguirla.

-¿Necesitas ayuda?-la voz de él estaba cubierta por un intento azucarado de simpatía.

Clara deseó golpearle pero se contuvo hasta que se le pasó el impulso.

-No. Te veo abajo en diez minutos-dijo.

-Está bien.

Darren la observó caminando por el pasillo de paneles de roble hasta que desapareció por una esquina. Solo entonces se giró hacia la señora Perlman y comenzó a organizar que el resto de las cosas de Clara fuesen enviadas a California al día siguiente.

Ella no regresaría.

8

PALM SPRINGS, 2013

CLARA SE SENTÓ EN EL PASILLO, FUERA DEL DORMITORIO DE su madre. Pudo escuchar a Carol llorando en algún lugar al final del corredor. El doctor Matthews salió y se detuvo junto a la silla de Clara. Esta se agarró agitada a los brazos de caoba del asiento. Su rostro era una máscara en blanco.

-Lo siento, Clara.

Esta se obligó a sí misma a mirarle a los ojos. Pudo ver su preocupación y que aquello era una reacción profesional, parte de su trabajo. Aun así, esa era la única compasión sincera que probablemente recibiría. Le dio la mano al médico, agradecida por su amabilidad.

-Gracias, doctor.

El hombre mayor se alejó por el pasillo, con sus pasos susurrando por la alfombra extensa. Clara observó su retirada y escuchó otro sonido, el de los pensamientos de Darren mientras este salía del dormitorio de su madre.

Se giró para mirar al marido de su madre. Solo tenía treinta y cuatro años y se había vuelto muy rico tras la muerte de esta. Él no había amado a Jessica, pero estuvo a su lado cada día hasta el final, sin abandonarla ni siquiera para dormir. A pesar de las cosas que Clara sabía sobre él, respetaba eso. Al tener acceso a los pensamientos superficiales de su mente y a destellos ocasionales de reflexiones más profundas, Clara se sorprendió de hallar tanto honor en su interior.

El rostro de Darren estaba demacrado por la falta de sueño y su bronceado de jugador de tenis había desaparecido. Tenía unas ojeras profundas y sus ojos azules estaban inflamados. Durante un momento Clara pensó que este podría llegar realmente a derramar una lágrima por su madre.

-Clara.

Tenía la voz ronca por el cansancio, y Clara volvió a agarrar con más fuerza los brazos de su silla. Escuchó algo más en su voz, y mientras le miraba a los ojos, él extendió la mano para tocarle el hombro. Después la deslizó por su espalda, acariciándola en círculos lentos, como para darle consuelo. Clara se levantó y se alejó de él. Este bajó la mano y la miró fijamente, como si hubiese una puerta de cristal cerrada con llave entre ellos dos, para la cual él tenía la llave.

Clara pasó a su lado y entró en la habitación de su madre. Darren llegó hasta la puerta, pero cuando la vio arrodillarse junto a la cama de Jessica, tuvo la sensatez de no seguirla más. Dio un paso discreto de vuelta al pasillo, donde Clara sabía que él la esperaría hasta que volviese a salir.

Clara tocó el rostro de su madre. Su piel tenía un tono grisáceo y era fina como el papel bajo las yemas de sus dedos. Apartó el cabello de la frente de su madre, después se levantó y se fue, sin pensarlo mucho, hasta el tocador.

Los productos de maquillaje de Jessica seguían intactos sobre la superficie de cristal de la mesa. Las sirvientas lo desempolvaban cada día y mantenían bastante pulidas las pequeñas lámparas que había a los dos lados de la mesa antigua. Clara eligió los colores con cuidado, el colorete, la base y los polvos favoritos de su madre, y después los llevó hasta la cama de ella.

El ama de llaves, Carol, se acercó hasta la puerta y se secó los ojos con un pañuelo. Vio cómo Clara se arrodillaba junto a su madre y comenzaba a maquillar con cuidado su rostro ya endurecido.

Esta era hábil con los cosméticos. Era la única cosa que su madre se había tomado el tiempo de enseñarle. Recordaba haber visto cuando era una niña a su madre poniéndose capas de pintura, con veneración, como si estuviese haciendo un ritual religioso. Cuando Clara se arrodilló junto a la cama de su madre y le puso lápiz de labios, se dio cuenta de que el culto a su propia belleza fue la única religión que esta profesó.

Sintió lágrimas en los ojos y las dejó caer mientras ponía un brillo nacarado sobre los labios enrojecidos de su madre. Pasó un cepillo por su largo cabello rubio, ese que el cáncer no había conseguido llevarse, como sí lo hizo con el resto de su belleza.

Clara dejó la brocha justo cuando llegaba la ambulancia para llevar a su madre a la morgue. Se levantó a su lado, sabiendo que sería la última vez que la vería. Su madre había ordenado que la incineraran hace meses.

Miró su rostro y la recordó tal como era antes de que ella se marchara a la escuela, antes de que el cáncer se llevara su belleza. Jessica había sonreído y sus ojos azules habían prometido que algún día Clara conocería todos sus secretos, que solamente debería hallar el valor para preguntar por ellos.

Clara se alejó de la cama de su madre y dejó que los encargados de la ambulancia pusieran el cuerpo de esta sobre una camilla. Sus lágrimas fluyeron libremente, esas lágrimas que nunca había soltado por la enfermedad de su madre, aquellas que nunca le permitieron verla durante su niñez, cuando Jessica estaba ahí, pero ocupada con otras cosas.

Darren se acercó y se quedó junto a ella, pero no la tocó mientras lloraba. Los técnicos de la ambulancia bajaron a su madre por la escalera curva hasta el vestíbulo de mármol. Clara observó desde arriba mientras metían el cuerpo de su madre en la ambulancia. Estos fueron amables con Jessica, como si esta estuviese hecha de fibra de vidrio. Tuvieron cuidado de no empujar su camilla, aunque esta ya no podía sentir dolor. La luz roja en el techo de la ambulancia se encendió una vez, sin hacer ruido, antes de arrancar.

Carol se secó los ojos y cerró la pesada puerta de entrada. El único sonido en el pasillo de mármol era el del reloj de caja dando las doce de la noche.

Darren se aclaró la garganta y Clara se sobresaltó al oírle. Había olvidado que él estaba allí.

-Será mejor que duermas un poco, Clara-dijo.

Su mano le acarició ligeramente el brazo y calentó su piel a través de la fina seda de su blusa.

Clara le miró fijamente durante un momento antes de asentir.

-Sí.

Esta se alejó de él y fue por el pasillo hasta su dormitorio, que se encontraba en el extremo opuesto a la suite que Darren y su madre habían compartido en la casa. Clara se sintió agradecida de que así fuera y cerró la pesada puerta de su dormitorio con llave cuando entró.

La lámpara de su cabecera estaba encendida y su cama estaba con las sábanas abiertas. Estas eran suaves y de satén, y brillaban en la penumbra. Clara encontró su dormitorio de forma familiar, sorprendida de que estuviese igual que de costumbre ahora que su madre había muerto. Esperaba que el cambio se reflejara en su ambiente, pese a que lo que vio era tan gris como su corazón.

Clara observó una carta en la superficie de caoba de su tocador. Cruzó la habitación y la tomó. Se quedó helada cuando vio que era de su tía. Abrió el sobre con los dedos entumecidos y encontró una tarjeta de cumpleaños con rosas amarillas y rosas en la parte frontal y con un alegre deseo de felicidad en su interior. La tía April siempre se acordaba de su cumpleaños y sus tarjetas siempre llegaban a tiempo.

Clara abrió un cajón de su tocador y sacó una cajita de cerillas. Encendió una y sostuvo la llama contra la tarjeta hasta que esta se incendió. La llama comenzó a consumir el papel, hasta que se vio obligada a dejar caer la tarjeta sobre una bandeja de plata. Observó cómo esta se convertía en cenizas y después estas ardían lentamente. Cuando las cenizas se enfriaron y tomaron el mismo tono gris que el rostro de su madre, Clara se desvistió para ir a dormir.

El funeral sería mañana por la tarde. Su madre siempre odió las largas esperas.

9

PALM SPRINGS, 2013

Clara se había comprado un vestido de seda negro meses antes para tener algo que ponerse en el funeral de su madre. Jessica había sido incinerada a primera hora de la mañana y ahora Clara miraba hacia el desierto, detrás de su casa, escuchando cómo un sacerdote bendecía un cuerpo que no estaba allí. Darren sostenía la urna con las cenizas de su madre. En el momento oportuno, este la abrió y soltó sus cenizas al viento. Estas se esparcieron por la brisa, arremolinándose hacia las montañas que estaban a lo lejos. Clara no lloró, pero mantuvo su rostro oculto bajo el velo de su sombrero.

Ninguno de los amigos del tenis de su madre estaba allí, tan solo un par de miembros del personal de servicio de la casa y el doctor Matthews. Todos ellos permanecieron allí durante un largo momento de silencio que estaba reservado para las oraciones. Clara seguía pendiente del desierto que era su hogar, observando la puesta de sol que se filtraba por las nubes acumuladas, pintándolas en brillantes tonos añil y malva.

Giró la cabeza y pilló a Darren mirándola. Este no sonrió y ella no apartó la mirada.

Clara se encontraba sentada, inmóvil, sobre el cuero oscuro del asiento de su madre. Había fuego en la chimenea, ya que las noches en el desierto siempre eran frías. Darren se agachó para poner otro tronco de madera en el fuego. Mientras Clara le observaba, descubrió que tenía ganas de llorar. Su madre siempre se ocupaba del fuego antes de caer enferma.

-Clara.

Darren la miró, dando la espalda a la chimenea. Su chaqueta deportiva de lino todavía estaba sin arrugas, aunque el día había sido largo. El abogado de su madre acababa de marcharse después de leer el testamento. La mayor parte de la propiedad se la había dejado a Darren. Una cantidad considerable se mantuvo en fideicomiso para Clara, con Darren como fideicomisario. Clara casi se rio a carcajadas cuando se leyó el testamento, pero no quiso escandalizar al abogado de su madre.

La muchacha se encontró con la mirada de Darren, aunque no pudo leerle los ojos. Su rostro estaba en la oscuridad.

-Clara, quiero que sepas que siempre cuidaré de ti-dijo.

-No lo creo, Darren-ella mostró una sonrisa siniestra.

Este se acercó al brazo de su asiento y se arrodilló junto a ella sobre la gruesa alfombra Aubusson. Su madre había elegido ese tapiz cuando Clara tenía diez años. Se acordó de aquello mientras observaba el movimiento de las luces en los ojos de Darren.

-No creo que tengas que ir más a la escuela, Clara.

-Estoy de acuerdo.

Este puso la sonrisa infantil que se había ganado el corazón de su madre. Clara podía oír sus pensamientos en marcha, calculando su próxima acción. Sintió que su mano le rozaba la rodilla y después le presionaba el muslo. Aun así, este sonreía mirándola de forma casi suplicante.

-Quiero que te quedes aquí conmigo.

Clara se tragó la bilis que le subía por la garganta-No, no lo creo-espetó.

La joven le apartó la mano y se levantó del suave refugio del asiento de su madre. La seda negra de su vestido se le pegó a los muslos cuando se puso en pie. Escuchó el sonido ligero del susurro de la seda mientras cruzaba la habitación, alejándose de él.

-Me voy, Darren.

Este se levantó y llegó hasta ella en un suspiro. Puso sus manos sobre sus brazos, y ella le miraba sin pasión mientras él desplegaba su encanto juvenil, ese que conquistó a su madre tan fácilmente. La atrajo hacia sí hasta que estuvo lo bastante cerca para oler el brandy en su aliento. Clara apartó el rostro, así que su cálida respiración le revolvió el pelo.

-Sé que estás dolida. Te quedarás aquí para que pueda cuidar de ti.

Las manos de Darren bajaron por sus brazos y la rodearon hasta deslizarse por su espalda. Ella sintió el calor de estas a través de la seda de su vestido y se le revolvió el estómago. Pero llevaba dos días sin comer, por lo que no estropearía la alfombra de su madre.

Darren no parecía sentir su tensión bajo las manos. O si lo hizo, no le importaba. Quizá era la clase de depredador que se alimentaba de la resistencia. La miraba con sus ojos azules ardientes de lujuria.

Debe estar seguro de sí mismo-pensó Clara. Nunca antes le había dejado ver su deseo tan abiertamente.

Este se lanzó a dar un discurso preparado, lleno de mentiras.

-Clara, te amo…

Ella no pudo soportarlo más.

-Darren, antes de que digas algo más tenemos que hablar seriamente-se alejó de él.

Sorprendido por la uniformidad de su tono de voz, dejó que se fuera.

-Está bien-dijo.

Clara retrocedió hacia la chimenea. Sintió su mirada sobre ella mientras se movía. Ahora que había cierta distancia entre ellos casi le dio la risa. Con sus declaraciones falsas Darren estaba haciendo el ridículo. Debía pensar que ella era tonta. Por supuesto no tenía ni idea de que ella pudiera leer sus pensamientos y de que así lo había hecho desde el día en que se conocieron. Al menos su madre no había traicionado a la familia contándole que tenía un don. No es que aquello fuese a menudo un regalo, pero en este caso, mientras jugaba para asegurar su vida y su libertad, la antigua maldición le vino bien...

Clara se giró hacia él y le encaró directamente, agradecida de haber tenido el suficiente sentido común para dejar la distancia de una habitación entre los dos. De pronto tuvo un deseo casi incontrolable de escupirle en la cara.

-Darren, sé que me deseas. Sé que me has deseado desde que conociste a mi madre. Y por muy enfermizo que sea eso, no tengo nada que decir al respecto.

Él parpadeó. Lentamente, la neblina del deseo desapareció de sus ojos. Se quedó mirándola como si no estuviera seguro de haberla oído bien.

-No te juzgo moralmente por tu preferencia por las chicas jóvenes. No es asunto mío. Sin embargo, no creo que la señora Harvell comparta mis opiniones liberales.

Clara le miró mientras este asimilaba dicha información. Sus ojos azules se oscurecieron a añil tras mencionarle el nombre de su última amante.

-Sé que se supone que no tengo que saber nada sobre la señora Harvell. Sin embargo, sé cosas sobre ella. Sé que es la siguiente mujer de tu lista, que planeas casarte con ella tan pronto como puedas sin provocar sorpresas en vuestros amigos en común. Sé que te has estado acostando con ella y con muchas otras mujeres a espaldas de mi madre desde el día en que la conociste.

Debió ser por el tono claro y sin pasión de su voz y por la total falta de expresión en el rostro de ella, pero él no protestó ni proclamó su inocencia como Clara esperaba, ni trató de usar todas las armas de encanto e inmoralidad a su alcance.

En su lugar, Darren se sentó con pesadez sobre una silla de respaldo alto que estaba contra una pared. Clara pudo apreciar cómo le golpearon sus palabras y una expresión de impotencia cruzaba su rostro. Registró su mente y encontró, para su sorpresa, que este se hallaba tan perplejo como parecía y que estaba sufriendo. Clara se sorprendió todavía más al descubrir que se compadecía de él mientras se sentaba desamparado en una de las sillas Hepplewhite de su abuela.

Clara dio un paso hacia él y este miró hacia arriba. La expresión de sus ojos era como la de un perrito herido.

-Tengo una propuesta que encontrarás razonable-dijo.

Clara arrastró una silla por la habitación y se sentó a un metro y medio de distancia, lo bastante cerca para que él viese sus ojos y lo bastante lejos para poder escapar en el caso de que este intentase tocarla.

-Vas a apartar dinero para mi uso personal. No demasiado, pero sí lo suficiente. Diez millones de dólares bastarán para mantenerme hasta que sea mayor de edad. Este dinero será liberado en todos los sentidos y no formará parte del resto de mi fideicomiso, que me será entregado cuando cumpla los veintiún años de edad.

Darren la miró. Este tenía la voz ronca. Y Clara apreció que, pese a su dolor, estaba dispuesto a negociar.

-¿Y yo qué obtendré a cambio?-preguntó.

-Bueno, para empezar, no le hablaré a la señora Harvell de tu interés por las chicas menores de edad en general y por mí en concreto.

Clara le miró mientras él tragaba saliva. Pareció palidecer bajo su bronceado. Se ajustó la corbata a la altura del cuello.

Ella se preguntó si tendría que hacer valer la información que tenía sobre las demás amantes, pero se contuvo.

-¿Hay trato?

Darren la miró durante mucho rato sin decir una palabra. Después se puso en pie lentamente y cruzó el metro y medio que les separaba. Clara se levantó para enfrentarse a él, preparada para esquivar sus manos, aunque no intentó tocarla. Tenía lágrimas en los ojos. Por una vez, sus ojos y sus pensamientos se reflejaban entre sí. Con sus escudos mentales por los suelos, Clara sintió su dolor como un golpe.

-Tú me odias, ¿verdad, Clara?

Se sorprendió al sentir lágrimas en sus ojos. En aquel momento se vio abrumada por su dolor, hasta llegar a no distinguir su sufrimiento del suyo propio. De repente, sintió la pérdida de su madre como un dolor en el pecho, exprimiendo su respiración. Se dio cuenta de que aunque Darren era un ser humano indigno, no era un demonio. Y su madre le había amado. Era la única persona, aparte de Clara, que había conocido a su madre totalmente. La joven sintió el dolor de aquello y una lágrima le cayó por la mejilla.

-No, Darren. No te odio-su voz sonaba débil.

Por primera vez desde que le conocía, este no parecía un monstruo. De pronto le vio con ojos de adulta en vez de con ojos de niña solitaria y perdida. Sintió que su odio hacia él se desvanecía. Libre de esa vieja aversión, se encontró vacía.

Él solo era un hombre que buscaba lo que pudiera conseguir. Mucha gente era como él. Muchos eran peores. No era un monstruo, tan solo era un imbécil. Clara pensó que tal vez solo conocería a gente imbécil el resto de su vida. El tiempo se abría ante ella como un abismo. Siempre estaría sola con ese don que la distinguía.

Clara sintió que el aislamiento la aplastaba; la soledad que mantenía a raya la mayoría del tiempo mediante su fuerza de voluntad, concentrándose en otras cosas. Tenía por delante varios años así. Un camino, largo y recto, que no llevaba a ninguna parte. Clara lloró.

Sus lágrimas no eran aquellas silenciosas que derramaba en ocasiones, cuando estaba sola. Sollozó, sujetándose el estómago como si pudiera parar, como si pudiera aprender de nuevo a contener el dolor. Pero el muro se había roto. Su dolor se mezcló con el duelo por la pérdida de su madre, la mujer que la había querido tanto como pudo, pero nunca lo suficiente. Los brazos de Darren la rodearon y ella se estremeció, porque no estaba acostumbrada a que la tocasen. Pero sus brazos eran cálidos y la deseaba. Nunca le había pasado eso con nadie más.

Sus manos estaban cálidas sobre su espalda mientras la acariciaba, como si quisiera consolarla. Empezó a alejarse, pero él no la dejó.

-No, Clara, déjame abrazarte.

Ella sabía que la suavidad de su voz era una mentira, que no sentía nada por ella más allá de la lujuria. Sin embargo, eso ahora no le importaba. Quizá el amor consistía en eso, en una unión física aleatoria de dos extraños.

Vio algo en los ojos de Darren que hizo que sintiera que las paredes de la casa de su madre se cerraban sobre ella. La lealtad y el conocimiento de otras personas solo eran ilusiones. Estaría sola toda la vida, como lo estuvo desde que se fue su tía April. Y no era la única. Todos afrontaban la misma verdad. La única diferencia era que los demás lo aceptaban, mientras que Clara se rebelaba, deseando no estar sola, queriendo algo que no existía.

Sabía que si peleaba contra él este no la dejaría salir. Pensó en los golpes que podría darle en el cuello, en la ingle, pero dudó al oír el extraño giro en los pensamientos de Darren. La tendría sobre el suelo, como así había deseado durante años, y después le daría el dinero que ella había pedido. Y no solo el dinero, sino todo lo que quería. Firmaría su tutela y le permitiría emanciparse sin una larga batalla legal. La dejaría marchar sin intentar volver a verla nunca más.

Todo eso pasaría si Clara le dejaba hacer lo que quisiera con ella. Leyó su mente, como había hecho desde el día en que su madre le llevó a casa por primera vez. Como siempre, uso su poder contra él. Que se llevase su virginidad allí, sobre el suelo de la sala de estar de su madre.

Clara sabía que tras ese día jamás volvería a entrar en aquella casa. Podría estar sola en el mundo, pero mejor sola e independiente que atrapada aquí una hora más.

Dejó a un lado todos los pensamientos de violencia y se tumbó en la alfombra de su madre. Darren no puso en duda su buena suerte, sino que se abalanzó sobre ella como un perro destructor.

Cuando acabó, Clara se quedó inmóvil, y su respiración lentamente se fue calmando. Había dejado de llorar. Tenía roto el camisón negro, pero sabía que después de esa noche nunca volvería a ponérselo. Durante un horrible instante pensó que podría vomitar, pero su estómago no tenía nada que perder salvo la bilis.

Sobre su cuerpo el peso de Darren era fuerte y la presionaba contra la alfombra. Pese a lo que costaba ese tapiz, Clara supo que tenía quemaduras en los omóplatos. Justo cuando estaba segura de que no podría soportar que la tocase un minuto más, Darren se levantó y la miró a los ojos. Este tenía el cabello despeinado por primera vez desde que le conocía. Cuando habló, su voz tenía un tono de superioridad, como si la victoria fuese suya.

-Hay trato, Clara-dijo.

10
DESIERTO DE MOJAVE, 2019

DONNA SE ENCONTRABA A LA SOMBRA DE UN TOLDO fumando un cigarrillo. Miraba hacia el desierto con recelo, como si esperase que el suelo arrojara una serpiente de cascabel a sus pies. Donna siempre tenía la misma expresión en su rostro cuando visitaba a Clara en un rodaje. Ya fuese en el bosque, en una montaña o junto al mar, esta albergaba una sana aversión al aire libre.

-¿Se supone que esto se parece a Arabia?-Donna levantó una ceja, sarcástica, por encima de sus gafas de sol Ray Ban.

Clara rio, extendiendo su mano para que la maquilladora terminara de retocarle las uñas.

-Eso me dicen.

Donna dejó caer su cigarrillo al suelo y lo pisoteó con la punta de su sandalia.

-No creo que ninguno de estos haya estado nunca en Arabia-dijo.

-Yo también lo dudo.

La maquilladora pasó un secador de pelo sobre la mano de Clara. Su asistente, Lila, le dio una botella fría de agua Evian.

Clara se lo agradeció con una sonrisa, contenta por el roce

de la fría botella. Sorbió con cuidado, con una pajita para no mancharse el lápiz de labios.

-Sony ha dado luz verde a la trilogía espacial que Stan quiere que revises-dijo Donna encendiendo otro cigarrillo.

La maquilladora apagó el secador y se marchó.

-¿De qué trilogía espacial me hablas?

-Ya sabes, la de las pistolas de rayos.

-En todas hay pistolas de rayos, Donna-Clara se rio.

-Bueno, en esta hay muchas. En la primera película serías una princesa guerrera que comanda un grupo de pilotos de combate o algo así.

-Eso parece un plagio de Star Wars.

Donna resopló-Probablemente lo sea. Pero Star Wars vende, así que un plagio también lo hará-dijo.

-¿Esas son sus razones?

Clara le dio la botella vacía a Lila, que desapareció silenciosamente en el interior de la caravana.

-No sé si ellos usan la razón. ¿Quieres ver el guión?

-Lo hago como un favor hacia Stan por elegir este drama de época. Lo miraré, pero no te prometo nada.

-Claro que no-Donna se quitó las gafas para mirar a Clara a los ojos-Pensé que no hacías favores.

Clara se encogió de hombros. Una mujer de vestuario vino para ahuecar las mangas del vestido ondulado de Clara. Se suponía que interpretaba a una rica mujer inglesa perdida en las profundidades del desierto de Arabia y que después era rescatada por el jefe de una tribu que pasaba por ahí. Básicamente era un plagio de *El jeque*, sin violación ni secuestro de por medio.

Clara se puso de pie y dejó que la mujer arreglara el resto de su vestido. Sabía que parecía un merengue gigante.

-Me marcho de aquí-Donna volvió a ponerse las gafas-El sol de California mata mi piel.

Lila permaneció callada, lista con una sombrilla para acompañar a Donna hasta su coche.

-Te mandaré por mensajería el guión del drama espacial.

-Le echaré un vistazo.

-Te veré cuando vuelvas.

Tras esas palabras la representante de Clara logró escapar. Mientras se alejaba del set de rodaje, Donna miró a cada paso que daba, sin duda alguna para no pisar a ninguna serpiente. La asistente de Clara siguió a Donna al trote, manteniéndola a la sombra, protegida del sol del desierto con una sombrilla negra que robó del cáterin.

Aquella noche Clara estaba de pie en la terraza del pequeño hotel donde se alojaba el elenco y el equipo de rodaje. El cielo nocturno estaba lleno de estrellas y el aire del desierto era frío sobre su piel. La seda de su vestido era suave en sus muslos mientras paseaba en círculos perezosos sobre las losas. Nadie fue a hablar con ella. En sus películas, la gente siempre la dejaba a solas salvo que ella avisara a alguien. Clara se encontraba disfrutando del silencio.

Podía escuchar los pensamientos de la gente que bebía tranquilamente en el bar del hotel. Estos estaban sentados junto a mesas de mimbre, tomando bebidas alcohólicas con pequeñas sombrillas en las copas y frutas en los bordes. Sus pensamientos eran un murmullo tranquilo, extrañamente relajado para ser de un equipo que iba tan avanzado con el rodaje. El director era nuevo y competente, y estaban dentro de los plazos y del presupuesto. Clara no recordaba cuándo fue la última vez que ocurrió eso en una de sus películas.

El director era un chico rubio y bajito recién salido de la escuela de cine. Tenía un ojo asombrosamente bueno a pesar de su formación. Y lo que hubiese sido una copia banal de una vieja película en blanco y negro se estaba convirtiendo en una historia de amor honesta. Clara sintió que incluso su actuación mejoró bajo la dirección del chico rubio. Buscó su nombre en la mente de él y lo encontró. Charles. A ella le gustaba llamarle Chuck para ponerle nervioso, pero este nunca pestañeaba.

Clara fantaseó con la idea de acostarse con él, pero lo descartó. Su actuación aquí fue una de las mejores de su carrera, y se lo debía a este. Liarse con él estropearía aquello.

Ella no era una gran actriz y lo sabía, pero le agradó descubrir que estaba mejorando. Tenía que acordarse de Charles y asegurarse de que le contratasen otra vez.

No se había acostado con nadie en esta película, salvo un lío de una noche en la que estuvo especialmente cansada. Sam tenía el cuerpo de un adonis griego. Clara se dio el gusto y no se había arrepentido. Como siempre, había elegido bien. Sam fue el espíritu de la cortesía y no le reclamó nada después.

Clara encendió uno de sus cigarrillos con su mechero de marfil. La llama calentó brevemente su mano en el aire fresco del desierto y ella dibujó una larga línea de humo en sus pulmones.

-Eso te matará.

Clara se dio la vuelta para sonreírle a Fred. Ni siquiera le había oído acercarse. No hubo ni un murmullo de su pensamiento, ni un susurro de sus zapatos sobre la terraza de losas.

-Siempre te las arreglas para sorprenderme-dijo ella.

-Por eso me tienes cerca-este le devolvió la sonrisa.

-¿Yo-Clara arqueó una fina ceja-¿Tenerte cerca? Llevo tres meses sin verte.

Fred hizo más grande su sonrisa. Este parecía admirarla incluso cuando ella era grosera. Clara disfrutaba de su aprobación. Se sorprendió a sí misma, ya que desde que murió su madre le había importado un bledo lo que pensaran los demás.

Se encontró incluso más relajada, como siempre le pasaba cuando estaba con él. Su presencia le calmaba hasta cuando no era necesario.

-Bueno, todavía no me tienes cerca, pero me tendrás-su voz no reflejaba atrevimiento, solo confianza.

Clara se echó a reír con su risa gutural de las películas, y algunas personas que se encontraban bebiendo adentro se giraron para oírla. Esta asintió con la cabeza hacia ellos, sintiéndose generosa. Fred siempre la hacía creerse enorme, como si pudiera permitirse la cortesía.

Clara aspiró su humo de hachís, y después terminó el cigarrillo y lo apagó en un cenicero de latón que estaba puesto sobre la barandilla de mármol de la terraza.

-¿Qué te trae por aquí?

Sus ojos azules eran cálidos mientras este le sonreía.

-Tú-dijo.

-Me siento halagada-se esperó a oír lo que le diría después.

Sin embargo, Fred no dijo nada. Inclinó la cabeza hacia atrás y miró a las estrellas. El cielo parecía infinito sobre el desierto, más que el cielo de la ciudad. Clara no levantó la cabeza para ver las estrellas con él. En su lugar, observó cómo este tomaba una profunda bocanada de aire limpio y después suspiraba.

-Me gusta más el campo que la ciudad-sonaba tranquilo, como si estuviese pensando en voz alta.

-¿Cualquier campo? ¿O el desierto en concreto?

-Cualquier campo. Aunque este desierto es precioso.

-Al mediodía no lo es.

Fred se rio, lanzando un destello de dientes blancos a la luz de la luna. Ella pudo ver sus ojos de color azul cobalto brillando. Estos eran tan oscuros que parecían casi negros.

-Para entonces ya me habré marchado.

-¿De verdad has venido conduciendo hasta aquí para verme?

-Bueno, para ser exactos, yo no conduje. Vine hasta aquí concretamente para que firmes un contrato.

Clara rio por eso, su risa gutural estalló. Se rio hasta que se le llenaron los ojos de lágrimas, y tuvo que sentarse en el borde de la barandilla de la terraza para recobrar el aliento.

-Lo siento, Fred. No debería reírme en tu cara, pero es algo enriquecedor.

Él le sonrió amablemente, indiferente a su regocijo. Se alejó de ella y se dirigió hacia un maletín de piel de becerro que estaba puesto como si fuese un centinela a unos metros de distancia. Lo acercó a la barandilla y lo apoyó sobre el mármol, abriéndolo con un movimiento de muñeca.

-Aquí está el contrato. La luz de este lugar no es muy buena, lo sé. Pero puedes confiar en mí.

Clara rio todavía más. Se agarró a los lados, sintiendo que podría partirse en dos.

-Déjalo, Fred. Vas a conseguir que vomite la cena.

Este se sentó junto a ella en la barandilla y extendió el contrato.

-Solo échale un vistazo. Se lo mandaré a tu abogado por la mañana-dijo.

Clara finalmente dejó de reír y se secó los ojos con la punta de los dedos.

-¿De verdad esperas que firme esto?

-Por supuesto. Esta es una gran película. *Explosión lejana* es el título provisional, pero lo cambiaremos durante la producción. El estudio quería que firmaras para las tres películas, pero creo que no deberías atarte a eso.

-Debes estar bromeando.

Él la miró con indiferencia por encima de las páginas de color crema que tenía en las manos.

-Para nada. Vas a ganar el doble de tu sueldo habitual, lo cual me pareció bastante generoso.

-¿Estás siendo generoso conmigo?

Clara se escuchó a sí misma, esperando oír furia en su propia voz. Pero por alguna razón no se enfadó. Tan solo se sintió desconcertada.

-Bueno, yo no, el estudio-Fred la miró a los ojos-Resulta

que sé que Sony se puso en contacto contigo para hacer una trilogía espacial parecida. Nuestro guión es mejor que el suyo y doblaremos nuestro precio inicial de venta. Es un gran negocio para nosotros y para ti. Willoughby quiere que vuelvas, Clara.

Se quedó quieta al oír el nombre de Willoughby.

-Debería haberlo pensado antes de pasar del drama de época.

-Ay, Clara, no le guardes rencor. Eso no es propio de ti.

-¿Que no? No me conoces tanto.

Clara le miró a los ojos otra vez y se perdió en sus profundidades añiles. Los dos se quedaron callados durante un rato largo.

Él habló primero, con un tono suave-Creo que te conozco mejor que la mayoría de la gente-dijo.

Clara esperó a que una réplica mordaz saliese de sus labios, a que sus manos rompieran el contrato por la mitad y se lo lanzasen a la cara. Nada de eso sucedió. Ella tan solo se sentó, con el frío mármol de la barandilla bajo sus piernas y le miró a los ojos.

-¿Y dices que sería el doble de mi sueldo habitual?

Una lenta sonrisa se extendió como un amanecer sobre el rostro de Fred. Sus ojos azules tenían una luz clara, casi como si estuviese orgulloso de ella.

-El doble. Aunque por supuesto podemos negociar una subida para la segunda película una vez que hayas firmado para la primera.

Clara le miró durante un buen rato-¿Tienes un bolígrafo?-preguntó.

~

-¿En qué demonios estabas pensando?-la voz de Donna sonaba agarrotada a través del teléfono de Clara.

Pese a la cobertura terrible que había en el desierto, Clara prefería no tener esta conversación por una de las líneas telefónicas de Sony.

-¿Acabas de hablarme mal?-Clara sonrió para sí, echando las cenizas de su cigarrillo en un cenicero de cristal.

Estaba sentada en su caravana con el aire acondicionado a tope, esperando a que Chuck el rubio preparase la siguiente toma. Su asistente, Lila, se hallaba sentada en silencio en un rincón, haciendo un crucigrama.

-Lo siento, Clara, pero estoy escandalizada.

Clara escuchó por la línea cómo la asistente de Donna le servía una copa de bourbon. Se mordió el labio para no reírse.

-Clara, es que no es normal que firmes un contrato antes de que tu abogado lo haya revisado.

-Tienes razón, Donna. Fue una maldita tontería. ¿Qué dijo Philip al respecto?

Donna suspiró-Dijo que nunca había visto un contrato tan favorable por parte de un estudio. Quiere saber qué tienes con ellos para que pueda usarlo él también-dijo.

Clara rio. Lila se levantó de su posición, le llevó una botella de agua Evian y la echó en un vaso con hielo.

-Dile que necesito guardar los trapos sucios para futuras negociaciones, pero deséale más suerte la próxima vez.

-Bueno, esto ha salido bien. Pero Clara, prométeme que no lo volverás a hacer.

-Donna, sabes que no hago promesas.

Clara escuchó a Donna tomando un largo trago de bourbon. Terminó cediendo ante el caso de que su representante acabase demasiado borracha para concluir de revisar el contrato.

-Tendré más cuidado en el futuro. Este era un caso especial-dijo.

-¿Por qué?-la voz de Donna sonaba intrigada por la posibilidad de conseguir más información y olvidó su bebida por un momento.

-No puedo hablar de ello aquí, pero te lo contaré cuando vuelva a la ciudad.

-Está bien. No hagas ninguna cosa loca más, como escaparte a Hawái antes de tu gira de promoción, ¿de acuerdo?

Clara soltó su risa gutural-Quítate eso de la cabeza. ¿Alguna vez he dejado pasar la oportunidad de que el público me adore?-dijo.

Donna resopló como única respuesta.

-Te veré dentro de dos semanas.

-¿En serio? ¿El drama de época terminará a tiempo?-pese a su total profesionalidad, Donna no pudo evitar reflejar sorpresa en su voz.

-Eso es gracias a Chuck. Él sabe lo que hace.

Donna parecía desconcertada.

-Me lo imagino-dijo.

11

LOS ÁNGELES, 2013

CLARA CONDUJO HASTA LOS ÁNGELES POR PRIMERA VEZ mientras el sol se ponía. El tráfico se movía a su alrededor, pero no era hora punta, así que su coche llevaba un buen ritmo. Observó cómo los edificios del centro de la ciudad se alzaban ante ella. Las colinas que rodeaban a la ciudad se elevaban a lo lejos. Sintió angustia al ver el desierto y dejó de mirar.

La agente inmobiliaria había apuntado la dirección de su nuevo apartamento, un pequeño estudio en los cerros de Hollywood.

-Es un poco caro-le comentó la agente inmobiliaria, mirando el carnet de conducir falso de Clara con una ceja levantada.

A pesar de la expresión de aquella mujer, Clara sabía que aparentaba fácilmente dieciocho años. Había pagado el alquiler de todo un año en efectivo, por lo que la agente no fue demasiado quisquillosa. Esta había leído información sobre la madre de Clara en *Vanity Fair* y también había oído hablar de todo el dinero que la familia de Clara ganó con el petróleo hace setenta años. La mujer no hizo preguntas.

Clara entró en el apartamento cuando aparecían las primeras estrellas de la noche. No veía demasiadas tras las luces brillantes de la ciudad, pero su terraza daba a las montañas y el aire que soplaba en su cara era casi fresco. Clara sonrió, dejando su maleta en la terraza mientras se giraba para ver el resto de la casa.

Había una habitación larga cuyo suelo de madera dura se extendía unos seis metros en ambas direcciones. Clara encontró el armario, el cual era más pequeño que el que tenía la sirvienta en casa de su madre.

En casa de Darren-se corrigió a sí misma.

Ahora él era el dueño de la casa de Palm Springs.

La cocina estaba muy limpia y recién equipada con los aparatos más modernos. Las baldosas blancas brillaban bajo los pies de Clara mientras esta abría todos los armarios y miraba en su vacío cavernoso. Se quedó observando su pequeño hogar en silencio durante mucho tiempo, disfrutando el sonido del sigilo a su alrededor. Su edificio era una casa reconvertida en un barrio residencial. El ruido del tráfico callejero estaba lejos.

Clara se sentó en el suelo de madera de su apartamento vacío después de meter su maleta en este. Enchufó su teléfono móvil para cargarlo, dejándolo sobre una pequeña mesa del té que se había traído de su habitación en Palm Springs. Eso era lo único, además de su ropa y una fotografía de su madre, que se había llevado de aquella casa.

Se puso el suéter que le había regalado su tía April en su duodécimo cumpleaños. Las mangas eran muy cortas y ya no podía abrochárselo, pero llevarlo puesto le hacía estar cómoda. Era como si sintiese los brazos de su tía a su alrededor cada vez que lo usaba.

Clara llamó a una pizzería que había visto a unas manzanas de distancia. Pasó la primera noche en su nueva casa comiendo pizza de pepperoni en el suelo, antes de acurrucarse en su saco de dormir. Durmió hasta que el amanecer se asomó por sus seis ventanas largas.

~

Al día siguiente las puertas de Barnett Studios aparecieron frente a Clara. Esta había tomado el autobús hasta allí para no tener que aparcar el coche.

Clara pasó la mañana comiendo un bagel y tomando interminables tazas de café en una terraza mientras veía a la gente entrando y saliendo por las puertas del estudio. Escuchaba la parte superficial de sus pensamientos y sonrió cuando encontró al hombre que le haría entrar. Este era bajito y estaba atacado; tenía un portapapeles en una mano y un cigarrillo en la otra. Era el segundo asistente de dirección de un largometraje y llegaba tarde al rodaje de ese día. Se había emborrachado en casa de una mujer la noche anterior, solo para despertarse y descubrir que su coche no arrancaba. Ahora se encontraba a las puertas del estudio, hurgando en sus bolsillos para encontrar su pase.

Clara se colocó a su lado y le sujetó el portapapeles.

-Hola. Te lo sujetaré-dijo.

Este gruñó, mirándola con recelo, con los ojos entrecerrados-¿Te conozco?-preguntó.

-Maldita sea, Pete, espero que te acuerdes-le sonrió ligeramente, mirándole de reojo. Él se movió incómodo durante medio segundo y después decidió creer que se habían acostado juntos y que no se acordaba de ello.

-Oh, sí. Hola, eh…

-Clara. Clara Daniels-esta mantuvo su tono de voz ligero y bromista sin mostrar indicios de irritación.

Pete se relajó y sonrió. Había encontrado su pase.

-¿Vienes a la sesión de rodaje?-preguntó.

-No, vengo a pagar impuestos.

Clara le dedicó otra sonrisa y él se la devolvió.

-Vale, de acuerdo-mostró su pase y le indicó al vigilante que se apartase cuando ella fue tras él-Viene por *Flechas en llamas*. Es una extra.

El fornido guardia asintió y se apartó.

-¿Dónde está tu pase, Clara?-Pete dejó caer la colilla de su cigarrillo y lo apagó con el pie.

Clara le seguía el ritmo mientras caminaban-Ayer se olvidaron de dármelo en la oficina de casting-dijo.

Miró a su alrededor de forma disimulada para que no se notara su curiosidad. Nunca antes había estado en un estudio.

-Mierda-Pete metió la mano en su bolsa y sacó otro pase-Colócate esto en la camisa.

Clara le acompañó hasta uno de los edificios enormes con forma de granero que había en el estudio.

-Ve a registrarte allí, muchacha, y te veré más tarde-dijo.

Clara le sonrió mientras se alejaba y después se acercó a la zona de los extras. Una mujer apuntó su nombre en una libreta y le indicó que entrase.

-¿Has traído una falda?

-No.

Clara no sonrió, porque esta mujer, cuyo nombre era Phyllis, pensaba que las sonrisas de los extras eran presuntuosas.

-Los de vestuario de darán una- Phyllis la hizo entrar al recinto.

Clara se sentó en una silla plegable de metal y comenzó a observar todo, con su radar interior funcionando por completo. Tenía mucho que aprender.

Más tarde, durante ese día, Clara descubrió que se había colado en un drama de época. Una mujer de vestuario con dos asistentes entró en el recinto de los extras, con vestidos y túnicas en la mano. Clara se puso un vestido azul claro que casi se ajustaba a su cuerpo y que hacía que sus ojos parecieran azules. Dejó que su cabello largo le cayese por encima de los hombros, sabiendo que los mechones rubios quedaban bien en contraposición al azul del vestido. Una vez que la asistente de vestuario pasó al siguiente actor, Clara se ajustó el grueso cinturón en su cintura para que este estuviese en un ángulo más favorecedor. Si su madre le había enseñado algo, era a vestir bien, incluso sin un espejo a mano.

Clara fue conducida con los demás extras al set de rodaje. Las luces eran tan brillantes que entrecerró los ojos, aunque estos se adaptaron rápidamente. Aquel lugar era más luminoso que el desierto al mediodía, y Clara sonrió. Por primera vez desde que murió su madre se sentía como en casa.

Buscó a Pete con la mirada y le encontró hablando apremiante con el primer asistente de dirección. Pete se encargaba de los extras y de su ubicación, así que Clara se aseguró de llamar su atención nuevamente y sonrió lo bastante para recordarle que tenía una conexión con él, pero no lo hizo de forma molesta ni empalagosa. A diferencia de la mayoría de los que estaban allí reunidos ese día, Clara actuaba a largo plazo. Si este espectáculo en concreto no la ayudaba a ascender, otra cosa lo haría. Con dieciséis años de edad tenía mucho tiempo para descubrir cómo trabajar en esta industria. En tan solo cinco horas ya había aprendido más de lo que esperaba.

Pete se sonrojó un poco y le devolvió la sonrisa, que fue rápida y furtiva, como si no quisiera que nadie más le viese. Clara esperó con paciencia. Después Pete la llamó para que viniese y la colocó directamente frente a la cámara.

El primer asistente de dirección les habló a todos ellos.

-El rey vendrá por aquí. Cuando él entre quiero que todos hagáis una reverencia, ¿vale? A la mayoría de vosotros no se os verá, pero a los que sí se os vea quiero que salgáis bien, ¿de acuerdo?

Clara le miró a los ojos y no sonrió. Este también pensaba que los extras que sonreían eran demasiado comunes. Asintió con la cabeza y ella también. Escuchó su mente girando y le vio acercarse después de hablar con Pete.

-Clara. ¿Te llamas Clara?

-Sí-ella sonrió pero solo ligeramente, a modo de reconocimiento.

-Cuando la cámara se mueva quiero que hagas una reverencia intensa. El rey va a fijarse en ti y se detendrá. Quédate abajo hasta que él te levante. Cuando diga su frase, algo como “Buenas noches señora”, o alguna chorrada así, tú dices “Gracias, mi señor”, ¿de acuerdo?

-Vale.

El director entró en el set y el primer asistente de dirección se alejó. Clara hubiese sabido que se trataba del director incluso sin telepatía, ya que un séquito de personas le pisaba los talones. Este echó un vistazo a todo el set de rodaje rápidamente y después habló con el primer asistente de dirección, que estaba a su lado.

El asistente asintió con la cabeza-Muy bien, chicos, estad preparados. Queremos que esto salga bien a la primera-gritó.

Clara se giró como le habían dicho e hizo una reverencia cuando el actor principal entró. Este se detuvo frente a ella, tal como dijeron que haría, y la puso de pie.

-Las damas de la corte cada vez son más encantadoras-dijo.

Clara le miró a través de sus pestañas y sonrió, tras haber decidido que su personaje era una cortesana y una amante secreta del rey.

-Gracias, mi señor.

El rey siguió adelante, y una vez que estuvo fuera de cámara, el director gritó.

-¡Corten!

El primer asistente de dirección frunció el ceño-¿Esa era la frase?-preguntó.

Clara no se movió, aunque esperó el veredicto del director. Este hizo una pausa larga, y todos los que estaban a su alrededor esperaron para ver qué decía. Clara casi se echó a reír cuando este alargaba el instante para crear un efecto dramático, como si una cámara fuese a estar ahí para captarlo. No se dirigió a nadie en concreto, como si estuviese emitiendo un juicio de gran importancia y apreciación.

-La frase nueva es mejor. Dejadla así-dijo.

-Dejadla así-gritó el primer asistente en dirección a Clara.

Pete fue hacia ella y le habló en voz baja, como si no hubiese escuchado las últimas dos órdenes.

-Deja la frase como la dijiste, Clara-pidió.

-Está bien-Clara asintió con la cabeza como si se tomara toda la farsa en serio.

-¡Volvemos a empezar!-gritó el primer asistente de dirección, y se produjo una ráfaga de movimiento.

Clara respiró profundamente para no reír a carcajadas. Si estas eran las personas a las que tenía que manipular para convertirse en una estrella no tendría ningún problema.

La cámara comenzó a rodar otra vez y Clara se hundió en una gran reverencia. La escena se repitió quince veces hasta que el director quedó contento, y al final del proceso este asintió hacia ella con la cabeza, cortante, antes de alejarse. Clara levantó una ceja, sorprendida de que la saludase, aunque no dijo nada cuando Pete se acercó a ella.

-Clara, lo has hecho genial. Creo que el gran jefe querrá que vengas mañana para decir otra frase de un solo uso. Simplemente pásate por aquí y haremos el papeleo-dijo.

-Muy bien-Clara caminaba junto a este, sujetándose la falda para poder pasar por encima de los cables que cubrían el suelo-¿Qué papeleo, Pete?

-Venga, tú no eres una novata-Pete sonrió, mirándola de reojo-Sabes que tienes que firmar para tu subida de sueldo.

Ahora eres elegible para el SAG. También deberás firmar para ello.

Clara sonrió-Solo te estaba poniendo a prueba-dijo.

Él se rio y ella hizo una nota mental para averiguar qué era el SAG, y en el caso de que fuese un club, si le convenía unirse a él.

12

NUEVA YORK, 2019

La larga limusina gris estaba atascada en el tráfico de la Novena Avenida. Clara había ido de compras y ahora parecía que iba a llegar tarde a la grabación del programa de Steve Stimmerman. Ella pensaba que Steve era un capullo, así que no le importaba si su tardanza le hacía la vida más difícil.

En el asiento que estaba frente a Clara, Donna tomaba su segunda copa de bourbon y hablaba por el teléfono móvil. Estaba organizando un hueco para el día siguiente en el Show de Patsy Jo & Renaldo. Clara no pensaba que aquello fuese buena idea, pero Donna insistió en que las mujeres que veían a Patsy Jo también verían *A la Deriva en el Desierto.* Esas eran las mujeres que habían mantenido a flote la industria de los libros de bolsillo románticos. Suponían un gran mercado, así que Clara se levantaría mañana a las seis de la mañana para encandilarlas.

Donna colgó tras haber hablado con la gente de ABC y sonrió-Me dicen que Steve está que se sube por las paredes-dijo.

-¿Y qué tiene eso de raro?

-Me encantaría estar allí para verlo-Donna resopló,

girando lo poco que quedaba de su bourbon en el fondo de la copa.

Clara se retocó el lápiz de labios y examinó su reflejo en el espejo de bolsillo. Sus ojos estaban increíblemente verdes hoy, probablemente porque Nueva York era muy gris. Tembló y acercó el suéter de cachemira a su cuerpo. Echaba de menos el desierto.

Llegaron a la sede de ABC media hora antes de la grabación. Clara vio una fila de gente haciendo cola alrededor de la fachada del edificio.

-¿Toda esa gente aún no tiene asiento?-preguntó.

-Los que están entrando sí. Estos son los que están esperando para verte durante un instante cuando entres.

-¿No saben que entramos por la parte de atrás?

-Obviamente no.

Clara sonrió-Démosles un espectáculo-dijo.

-¿Qué?

La joven se inclinó y pulsó el botón del intercomunicador para que el chófer pudiese oírla a través del cristal oscuro entre los asientos.

-Hola. ¿Ron?

-Sí, señorita Daniels.

-Deténgase por aquí.

-¿Frente al edificio, señora?

-Sí. Ahí estará bien.

-Sí, señora.

Clara suspiró, recostándose sobre el cuero oscuro de su asiento-Me encantan los sirvientes que me hacen caso-dijo.

-Clara, no creo que esto sea una buena idea-Donna tragó saliva y miró por los cristales tintados a la muchedumbre que estaba afuera.

En cuanto la gente vio que la limusina se detenía, se giraron luchando por un puesto para ver quién podía salir.

-Por supuesto que es una buena idea. Esta gente no es la

prensa. Son mi público-Clara sonrió, con la adrenalina fluyendo por su cuerpo.

Ella vivía para experimentar momentos así. Ese fue el motivo por el que eligió el mundo del espectáculo sobre cualquier otra profesión. La adoración era algo que ansiaba, como el aire y el agua. Adoración por parte de una masa de gente que no la conocía y nunca lo haría. Adoración de personas que solo se sabían su nombre y lo repetían como si fuese un mantra o una oración. A Clara le gustaba estar en las oraciones de alguien.

No esperó a que el chófer viniese a abrir la puerta. Lo hizo ella misma y salió sonriente. Las personas que estaban alrededor del coche ahogaron un grito cuando la vieron, y después comenzaron a hablar con entusiasmo, todos a la vez.

-¿Es ella?

-Ay, Dios mío. Es Clara Daniels.

-Es mucho más guapa en persona.

-Mira su cabello.

-Mira esos diamantes.

Clara dio por hecho que ese comentario se refería a sus pendientes, que pensaba que eran bastante modestos. Se quedó quieta y dejó que la gente la mirase. La multitud dejó un amplio espacio a su alrededor, y Donna dio la vuelta desde el otro lado del coche, ajustándose la falda de su traje mientras se apresuraba hacia donde estaba Clara. La actriz cerró de golpe la puerta de la limusina y se movió entre la muchedumbre.

-Hola-saludó a una de las mujeres presentes, que se quedó quieta y no respondió ni sonrió. Tan solo la miró como si fuese una diosa bajada a la tierra.

Clara avanzó lentamente y la multitud se apartó, empujándose unos a otros para tener una buena vista de ella. Allí había más de un turista y muchos teléfonos con cámara. Clara se detuvo y sonrió a las personas con teléfonos, así que estos la sacaron más fotografías.

-Señorita Daniels, ¿podría hacerse una foto con mi madre?-la pequeña mujer la miró, parpadeando como si estuviese frente a una luz brillante.

Clara le sonrió y habló con su tono de voz más bajo y dulce.

-Me encantaría-dijo.

Se quedó para hacerse fotografías con distintas personas antes de entrar en el edificio. A diferencia de la prensa, estas personas la dejaron pasar. Clara firmó también algunos autógrafos y sonrió todo el tiempo. Se alimentaba de su energía como un vampiro de la sangre, y cuando entró en el edificio ella estaba por las nubes.

-¡Donna, ha sido alucinante!-Clara tomó a su representante del brazo y la llevó hasta el ascensor.

El vigilante de seguridad le sujetó la puerta mientras entraban en la jaula con malla de alambre y Clara le dedicó una sonrisa deslumbrante. Este parpadeó sin decir nada. Pudo apreciar que él no sabía qué decir, y sintió una descarga triunfal mayor al conquistarle, porque sabía que veía gente famosa todos los días y que ella era algo especial.

Donna sacó su inhalador para el asma y aspiró profundamente su contenido.

-Dios santo, Clara, ¿y si una de esas personas tuviese un arma?

Clara soltó una risa, inundando el espacio del ascensor-Después me la hubiesen dado a mí y me hubieran pedido que me hiciese una foto con ella-dijo.

La adrenalina corría por sus venas y sabía que estaba sofocada, como si viniese de una carrera. El productor de Stimmerman las estaba esperando cuando salieron del ascensor.

-He oído que habéis ido por el camino escénico-sonrió, pero Clara no se dejó engañar. Podía oír el desprecio en sus pensamientos.

-Donna, busca a Rich por mí, ¿vale?

Clara avanzó por el pasillo estrecho sin mirar al productor de nuevo. Donna fue en busca de Richard Smithson, el productor ejecutivo. El hombre que las había recibido en la puerta del ascensor se quedó solo, en silencio, abriendo y cerrando la boca como si fuese un pez.

Clara estaba en maquillaje cuando Rich la encontró. Llamó a la puerta antes de entrar, como si se tratara de su tía soltera. Esta se rio de él, y Rich pareció avergonzarse. Era el hombre más juvenil con el que se había acostado.

-Hola Rich. Lo siento, llegamos tarde.

-No pasa nada, Clara.

Esta arqueó una ceja mientras la maquilladora le empolvaba las mejillas.

-Bueno, de todas formas, no es tu problema-Rich sonrió.

Clara volvió a reírse y vio cómo Rich se relajaba apoyado contra el marco de la puerta. Encontró su mirada de ojos azules en el espejo.

-He oído que volviste a Barnett Studios.

-En cualquier caso es algo temporal.

-Parece que podrían haber cuidado un poco más *A la Deriva en el Desierto.*

-¿Quién lo dice?-la voz de Clara era evasiva.

-Todo el mundo. Los pases previos se dispararon. A esas mujeres les encanta una buena historia de amor.

-Vale, si la película es buena es gracias a Chuck. Sabe Dios que el guión era una mierda.

-Extraoficialmente lo es, claro que sí-Rich le guiñó un ojo.

-Por supuesto.

-¿Quién es Chuck?

-Es el director joven que contrataron de la Universidad del Sur de California para hacer la película. Deberíais tenerle en el programa. Es genial.

-¿Ah, en serio?

Clara pudo escuchar picardía en su voz. Habría sabido lo

que estaba pensando incluso sin telepatía. Eligió ignorar la insinuación.

-De verdad, Rich. Incluso consiguió que parezca que sé actuar, y los dos sabemos lo mal que lo hago.

-Entramos en cinco minutos-gritó una asistente de producción que corría por el pasillo.

-Gracias-Rich asintió con la cabeza a la chica cuando pasó-Parece que estás lista, muchacha.

-Entonces será mejor que me vaya a la sala verde.

Clara se puso de pie tras dejar que la maquilladora le quitara la toalla del cuello.

-Gracias Denise-Clara hizo un gesto con la cabeza.

La mujer sonrió de repente, como si tuviese encendido un fuego interior. Le sorprendió que Clara hubiese recordado su nombre.

-De nada, señorita Daniels-dijo.

La luz roja de la cámara se apagó, y eso significaba una pausa publicitaria. Clara se inclinó para tomar un sorbo de agua, revisando su micrófono mientras lo hacía. Steve le sonrió y ella se preparó para su próximo comentario. En realidad había bloqueado sus pensamientos. Estos estaban en un pozo tan oscuro que no quiso saber lo que vendría después.

-¿Entonces a quién te has estado tirando últimamente, Clara?

Ella le sonrió, estirándose como si fuera un gato-A nadie que tú conozcas-dijo.

-Nunca se sabe. Tú viajas mucho. ¿Qué me dices de Manley Steinbeck? ¿Ya te has liado con él?

Clara tomó un sorbo de agua, meditabunda, como si estuviese pensando en esa pregunta.

-Bueno, Steve, sabes que él nunca ha sido el mismo después de estar contigo.

El director de escena gritó.

-¡Cinco segundos!

La joven contó el resto del tiempo con los dedos y la luz roja volvió a encenderse. Steve le brindó su sonrisa juvenil.

-Clara, estoy muy contento de que puedas quedarte durante un trozo más de programa.

Esta mostró su sonrisa incandescente y giró levemente la cabeza para que la cámara pudiese captar su mejor ángulo. Clara incluyó al público en su calidez, atrayéndolo más en el círculo de su luz.

-Steve, sabes que siempre estoy encantada de pasar tiempo contigo.

~

Clara se marchó por fin, dejando paso a los Flying Tansy Twins, que eran trapecistas y ventrílocuos.

-Steve está bastante descontento por los invitados de hoy-le dijo Clara a Donna. La joven se quedó inmóvil mientras un asistente de producción del departamento de sonido desataba su micrófono. Le sonrió, y él quedó indeciso por un momento antes de lograr devolverle la sonrisa.

Rich se encontró con ella en el pasillo y la besó. Se puso a caminar a su lado y fueron hasta el ascensor en un agradable silencio, con Donna detrás de ellos. Estaban pasando por la sala verde cuando un hombre salió y le tendió la mano a Clara.

Rich comenzó a interponerse entre ambos, pero Clara solo sonrió. Ya había echado un vistazo en la mente del hombre esa misma tarde. Casi se habían chocado fuera de la sala de maquillaje. Ella ya sabía lo que iba a decirle, y supo que sería algo gracioso.

-Hola, Clara. Soy Will Quigley. ¿Puedo llamarte Clara?

Los ojos de ese hombre brillaban de forma maniática y el flequillo le sobresalía por la frente. Clara se dio cuenta de que se había puesto espuma en el pelo para que este estuviese así, levantado, como las púas de un puercoespín.

Rich se movía inquieto a su lado, pero Clara siguió sonriendo. Donna respiró hondo y después metió la mano en su bolso en busca de su inhalador para el asma. Había visto a Clara sonreír así a un asaltante antes de romperle la clavícula.

-Pues, depende, Will-la voz de Clara era serena.

El hombre siguió adelante como el representante que era-Clara, represento a una organización de hombres llamada MFPP, y me preguntaba si podrías concederme un momento de tu tiempo.

Rich abrió la boca para decirle a ese tipo que se apartase, pero Clara le puso una mano en el brazo.

-Tienes unos segundos antes de que empiece a irme hacia el ascensor. Adelante-dijo ella.

La sonrisa de ese hombre era tan grande que amenazaba con dividirle la cara.

-¡Genial! Mi organización es Men For Porn Power o MFPP. Somos un grupo dedicado a la continuación y apoyo del porno blando por todo este gran país que son los Estados Unidos de América.

Clara se aguantó la risa cuando Donna metió la mano en el bolso y sacó una petaca con bourbon.

-Qué interesante.

-Te pedimos que nos apoyes en nuestra convención nacional de esta semana en el Madison Square Garden. Sería un honor si pudieses asistir y quizá dar un breve discurso sobre la pornografía y la relación que tiene eso con tu vida como estrella de cine y celebridad.

-Pero yo no hago porno, Will.

Rich empezó a sonreír. No había visto a Clara jugando al gato y al ratón durante años, y se inclinó hacia atrás con los brazos cruzados sobre su pecho, mirándola. No podía permitir que esta atacase demasiado al tipo, ya que este era el próximo invitado del programa después de los Flying Tansy Twins.

Estaba listo para llevarse rápido a Clara por el pasillo antes de que corriera la sangre.

Will no se inmutó por la falta de entusiasmo de la joven.

-Clara, si no haces porno es porque no lo entiendes. Nuestra industria del porno estadounidense da trabajo a cientos, incluso a miles de aspirantes a cineastas cada año. Y solamente las ventas al extranjero…

Clara empezó a avanzar y Rich suspiró aliviado. Después de todo no tendría que rescatar a ese hombre. Clara le dejaría cruzar el límite.

-Eso es muy revelador, Will-dijo-Todavía no estoy interesada en ello.

El hombre bajito la siguió pisando los talones. Donna se apartó de este, con cuidado de evitar que su bolso le rozase el hombro en el pasillo, como si él estuviese enfermo y pudiera contagiarla.

Will, el amante del porno, siguió hablando-Pero Clara, el porno blando tiene todo lo que se le puede pedir a un género cinematográfico. Tiene inventiva, catarsis, destreza atlética. No hay nada que no puedas extraer de él-dijo.

Clara se detuvo en mitad de un paso. Vio a un asistente de producción que se acercaba a ellos muy serio, viniendo para llevarse a Will el del porno para el siguiente trozo del programa.

Clara bajó su voz hasta un tono tranquilo.

-William, ¿sabes qué? Me has hecho ver la luz.

Aquel hombre sonrió. Donna miró a Clara con asombro y empezó a hiperventilar.

-Cuando decida comenzar a desnudarme en público, Men For Porn Power serán los primeros en saberlo. Hasta que llegue ese día tan esperado déjame darte un pequeño consejo.

Will se inclinó más cerca para escuchar a Clara mientras esta bajaba la voz aún más.

-Resulta que sé que Steve Stimmerman es el hombre que

estás buscando. No solo dará un discurso en tu convención, sino que sé de buena tinta que quiere unirse a tu grupo.

Rich comenzó a quejarse, pero Donna le dio un golpe. Will no se dio cuenta de aquello. Sus ojos brillantes eran solo para Clara, y se iluminaron como si este fuera uno de los elegidos y hubiese presenciado la segunda venida de Cristo. Se quedó callado y sin aliento cuando Clara pasó por su lado.

Ella lanzó una pulla a modo de despedida por encima del hombro cuando el asistente de producción se acercó para llevarse a Will.

-Pídeselo en directo, Will. Le encantará.

-Clara…-dijo Rich en voz baja.

Esta le ignoró, lanzando una de sus sonrisas incandescentes al hombre del porno. Él la miró asombrado mientas se lo llevaban poco a poco.

-Lo haré, Clara. Que Dios te bendiga-dijo.

Esta le hizo un gesto con la mano a modo de saludo informal, mientras Rich se inclinaba para susurrarle algo al oído.

-Steve se va a volver loco.

Clara le besó en la mejilla, arreglándole la corbata mientras lo hacía.

-Entonces será la segunda vez hoy-dijo.

-Te veré después, Clara-Rich se rio entre dientes.

-Eso espero, Rich. Mantente alerta. Steve está guerrero esta tarde y ahora irá a peor.

-No será nada que no puedas controlar-rio.

-No sufras por mí.

Después, en el coche, Donna contestó su teléfono. Clara apoyó la cabeza en el asiento de cuero, llenando sus pulmones con humo de su cigarrillo de hachís.

El programa de Steve había sido un éxito. Le encantaba

restregarle que ella era más famosa que él. Desde que se había negado a acostarse con él dos años antes, Clara había sido el blanco favorito de sus comentarios estúpidos.

Donna tenía los ojos muy abiertos mientras escuchaba a quien fuese que estuviera al otro lado de la línea telefónica.

-Espera un momento-Donna tapó el auricular con la mano-Clara, es para ti.

-¿En serio?-Clara se acercó y tomó el teléfono.

-Clara, espera...

-Hola.

-Hola, Clara-era la voz de la tía April.

Clara se atragantó con el humo del cigarrillo por primera vez desde que tenía doce años. Apagó el cigarrillo en uno de los ceniceros de la limusina mientras Donna se acercaba y le daba golpecitos en la espalda. Clara le lanzó una mirada furiosa y Donna dejó de hacer eso. En su lugar, sirvió un vaso de agua y se lo dio.

-Clara, ¿estás bien?-preguntó April.

La joven parpadeó para quitarse las lágrimas y respiró profundamente.

-Estoy bien-dijo. Tenía la voz ronca y tomó un sorbo de agua.

La voz de April sonaba igual que la última vez que Clara la había visto. El silencio se alargó en la línea telefónica. Habían pasado diez años desde la última vez que Clara escuchó su voz.

-Tengo entendido que estás en Nueva York-dijo April.

-¿Cómo has conseguido este número?

April hizo una pequeña pausa.

-No creo que eso importe, ¿o sí?

El tío de Clara tenía mucho dinero y conocía a todo el mundo en ambas costas del país. Su gente podía conseguir el teléfono de cualquiera en tan solo veinticuatro horas.

-No, supongo que no.

-Quiero verte, Clara.

-No creo que eso sea posible.

Se produjo un largo silencio. Escuchó a su tía respirando entrecortadamente.

-Clara...

No podía leer la mente de su tía, pero podía apreciar el dolor en su voz. Diez años de determinación se desmoronaron en un suspiro.

-¿Cuándo?

Clara escuchó que April dejaba el teléfono durante un momento, y se produjo otro silencio solamente roto por el ruido del susurro de los pañuelos de papel. April volvió a tomar el teléfono y su voz estaba llena de lágrimas.

-Esta noche.

-¿Sigues viviendo en Park and 86th?

Clara sintió como si se viera a sí misma desde lejos. Apenas notaba el teléfono en la mano.

La voz de April sonó tranquila cuando esta volvió a hablar.

-Te veré a las siete.

-Allí estaré-Clara ni siquiera miró su reloj.

Donna recuperó el teléfono con los ojos abiertos como platos. Eran más de las seis y media. No se hablaron entre ellas, pero Donna encendió el intercomunicador y mandó al chófer hacia la zona residencial de la ciudad.

13

NUEVA YORK, 2019

Clara se encontraba en el pasillo de mármol frente a la puerta de April. Escuchó el timbre dentro del apartamento de su tía, a lo lejos, como una llamada a la oración. Después de tan solo un momento, una mujer con un vestido negro almidonado abrió la puerta. Clara se quedó en silencio, parpadeando. No podía hablar.

La mujer habló por ella, con su voz baja y melodiosa, más parecida a la de una cantante de ópera que a la de una sirvienta.

-Por favor, pase, señorita Daniels.

El vestíbulo del ático de su tía tenía paneles de caoba, y el suelo, del mismo material, relucía. La luz tenue procedía de las lámparas de la pared, y había flores en una mesa frente a la puerta, que emitían el dulce aroma de los jacintos y los gladiolos. La sirvienta tomó el abrigo de Clara, quitándoselo y doblándolo con cuidado sobre un brazo como si fuese muy valioso. Esta pudo apreciar que Clara estaba en estado de shock, y le habló con suavidad para sacarla de su estupor.

-Por favor, venga por aquí.

Clara la siguió en silencio por el pasillo desde el vestíbulo hasta una puerta ancha que daba a la sala de estar, a doble altura, de su tía. La alfombra blanca se extendía en un espacio casi interminable. Clara se preguntó si al agacharse para tocar la blancura de la alfombra, esta se le caería de la mano. Entonces supo que su mente estaba divagando y se obligó a levantar la mirada del suelo para mirar a su tía por primera vez en diez años.

La tía April estaba junto a la chimenea de la pared del fondo y llevaba puesto un vestido azul cobalto. La seda captaba la luz del fuego y el color del vestido parecía cambiar a medida que ella se movía, así que en un momento los pliegues de este brillaban en tono cobalto, después en añil profundo y más tarde en un gris azulado claro.

Clara se quedó sin aliento cuando su tía se giró hacia ella. Durante los años que pasaron había olvidado cuánto se parecía April a su madre.

El silencio parecía interminable, y Clara descubrió que no podía soportar que continuase. Sabía que tenía el corazón en la boca, e instruyó a sus palabras por las sendas de la indiferencia, esa que tanto le costó conseguir durante los años que Darren vivió en casa de su madre.

-No me vestí apropiadamente para una cena-Clara se obligó a hablar y descubrió que su voz era firme, casi fría.

Miró hacia abajo y en sentido opuesto a su tía, alisando la parte delantera de sus pantalones vaqueros descoloridos mientras se ponía su suéter de cachemira sobre los hombros.

Cuando volvió a levantar la vista, evitó mirar a la tía April, y en su lugar, dirigió sus ojos, por encima del hombro, hacia la repisa de la chimenea que estaba detrás. Allí, Clara vio una fotografía de sí misma en un marco plateado. Era una foto reciente, tomada en el estreno de *¡Grita! y* Nick no aparecía en ella. Clara miró por encima del hombro, riéndose. Quiso saber a qué fotógrafo había sobornado su tía para conseguirla, pero no preguntó.

April se topó con su mirada, sin parpadear. Clara vio que su tía había estado llorando y su primer impulso fue ir a su lado y ofrecerle consuelo, como April hizo siempre con ella cuando era una niña. Antes de dar un paso adelante, Clara recordó intensamente los primeros días de soledad tras la boda de su madre con Darren, cómo había esperado en vano incluso una llamada telefónica de su tía, sin recibirla nunca. Al acordarse de aquello, Clara se vio envuelta durante un momento en el horror de esos días dolorosos durante el primer año del abandono de April. Clara no fue a consolar a su tía, sino que se quedó mirándola en silencio.

April cruzó la habitación hasta detenerse a tan solo unos metros de la hija de su hermana. Su cabello rubio ceniza estaba recogido en el moño que Clara recordaba de su infancia. Los diamantes y los zafiros parpadeaban en sus orejas, capturando la luz de la lámpara de una mesa cercana, transformando dicha luz en prismas de fuego. La voz de April era tal como Clara la recordaba; suave, como así la oía en sus sueños justo antes de despertar.

-Siento no haber ido al funeral-dijo April.

-No te esperábamos.

-No, supongo que no.

April extendió la mano para tocar el brazo de Clara, pero se detuvo a la mitad. En vez de eso se llevó la mano a su propio cabello y jugueteó con el zafiro de su pendiente.

-¿Quieres tomar algo?

-Un vodka con gaseosa y sin hielo.

April hizo un gesto con la cabeza a la sirvienta, que se trasladó hasta la barra que había en el otro extremo de la sala. La barra de caoba se encontraba junto a una ventana que daba al balcón. Abajo estaba Central Park y el horizonte de Nueva York. Clara no observó las vistas. Mantuvo sus ojos sobre el rostro de April y aceptó la copa que le dio la sirvienta.

-Gracias Mary. Eso es todo-la voz suave de su tía no traicionaba ninguna de sus emociones, las cuales Clara pudo apreciar hirviendo bajo la superficie de su serenidad. Aún conocía lo bastante bien a April como para observar la tensión de su mano mientras jugaba con su pendiente por tercera vez en dos minutos.

La sirvienta guardó silencio mientras se alejaba. Clara se preguntaba, como siempre, dónde aprendían esa cualidad del movimiento silencioso los buenos criados.

Entonces April miró a su sobrina, sin inmutarse por su mirada.

-Estás preciosa, Clara.

-Gracias.

Clara se movió para sentarse en uno de los sofás de felpa blancos que estaban situados uno frente a otro en la sala. April fue con ella y se sentó en el sofá de enfrente. En algún lugar lejano del ático un reloj dio las siete.

-Llegué pronto-dijo Clara.

-Me alegro.

Apartó la mirada de su tía y se llevó la bebida a los labios. El licor le quemó la lengua y extendió una forma de calor mientras bajaba por su garganta. Tragó dos veces, y sus ojos no se apartaron de la alfombra blanca que tenía bajo sus pies.

-¿Cómo estás?-el tono de voz de April era engañosamente tranquilo.

Clara la miró a los ojos y sintió que se le llenaban de lágrimas. Parpadeó para quitárselas, preguntándose si su tía las había visto. Los ojos de Clara no parecían darse cuenta de que ella había dejado de llorar por esta mujer hace años.

-¿Por qué me pediste que viniese aquí?-preguntó.

-Quería verte.

-¿Por qué?-Clara tomó otro trago ardiente de vodka.

April miró hacia otro lado y respiró profundamente. Como siempre, la mente de su tía estaba cerrada para ella, pero Clara pudo apreciar el dolor en su rostro. Su tía volvió a agarrarse de su pendiente de zafiro, pero se detuvo antes de hacerlo. Clara vio cómo luchaba por dejar las manos en el regazo.

-Intenté llamarte a casa y al estudio-dijo April-Nunca me pasaron contigo.

-Les dije que no aceptaría tus llamadas.

Clara sabía que ella misma era una mujer dura, pero rara vez se consideró cruel. En esta ocasión sí se vio así, mientras observaba el rostro desmoronado de su tía.

-Hoy aceptaste mi llamada.

-Eso fue un accidente.

Se produjo un largo silencio. April se quedó inmóvil frente a ella. Clara se dio cuenta de que la había herido otra vez. No quería hacerle daño a su tía, pero no parecía poder detenerse.

-Te echo de menos-la voz de April era suave, casi un susurro.

Clara respiró profundamente-No lo hagas-dijo.

-¿Que no haga qué? ¿Decirte que eres mi única familia? ¿Que te quiero? ¿Que lo siento?

La voz de April temblaba, y Clara se dio cuenta de que no podía apartar los ojos del rostro de su tía aunque lo deseaba desesperadamente. Quiso negar el dolor en la voz de April y el sufrimiento en su propio corazón, pero ahí estaba, tan abrumador como la evidencia que era.

Clara sintió que una lágrima le caía por la mejilla. April seguía hablando y Clara pudo apreciar que aquello era un acto de valor, no de atrevimiento. Su tía no tenía pensado hablar de forma tan clara, pero ahora no podía detenerse. Clara escuchaba las palabras mientras estas fluían sin control, como el torrente de un río crecido.

-Te quiero. Lo siento. Lamento haber dejado que ese cabrón me hiciese huir cuando me necesitabas. Lamento haber sido débil. Ser débil.

April dejó de hablar y Clara miró hacia abajo. Las lágrimas nublaron su visión, haciendo que la alfombra blanca se volviera borrosa.

Cuando April volvió a hablar su voz estaba libre de dolor.

Sonaba resignada, comprensiva de que el daño no tenía arreglo.

-Sé que lo que hice es imperdonable. No te estoy pidiendo perdón. Solo quería volver a verte.

Las lágrimas de Clara seguían cayendo. No se las secó. No levantó la mirada, sino que se sentó en silencio, escuchando la suave voz de April.

-¿Eres feliz, Clara? Sé que no tengo derecho a preguntártelo, a preguntarte nada. Pero dímelo de todas formas.

Clara se rio ante eso, sobresaltada, con la garganta llena de lágrimas. No llevaba un bolso del que sacar un pañuelo de papel, ni había ningún sirviente a su lado para darle uno. Utilizó el dorso de la mano para secarse la nariz, como lo hacía cuando era niña, antes de aprender a controlarse.

-¿Quieres saber si soy feliz?

-Sí-April estaba sentada en el borde del sofá, con la bebida intacta sobre la mesa que tenía frente a ella y sus ojos clavados en el rostro de Clara. La joven sollozó, tomando un sorbo de su vodka.

-No sé si alguna vez he sido feliz. Tengo lo que quiero.

-¿Y qué es?

Clara abrió la boca para hablar de su carrera, de sus esfuerzos por actuar, del público que la adoraba. Descubrió que no salía ningún sonido por ella. Cerró la boca y tragó saliva, inquieta.

-¿Estás enamorada?-preguntó April.

Clara parpadeó por la brusquedad de la pregunta, por la forma desesperada en la que su tía parecía aguardar su respuesta.

La muchacha se vio pensando seriamente en la pregunta. No se lo tomó a risa, como sí hubiera hecho con cualquier otro que le preguntara eso. Miró en su propia mente y descubrió que no podía mentirse a sí misma en esto más que en cualquier cosa.

Respiró profundamente, buscando los sentimientos que pasó la mayor parte de su vida negando. La pregunta que su tía le hizo sacó a relucir una emoción que había sido enterrada y celosamente guardada.

Clara se sorprendió al descubrir dentro de sí misma una minúscula llama de pasión que había estado albergando sin saberlo. Quiso apagarla. No era una mujer dada a inclinaciones románticas de ningún tipo. La palabra amor ya no existía en su vocabulario. Entonces Clara miró el rostro de su tía y vio que sus ojos brillaban de amor hacia ella, de afecto mezclado con dolor. April esperaba pacientemente una respuesta y Clara le dijo la verdad.

-Amo a un hombre. Se llama Fred.

-¿Él te quiere?

Clara no tuvo que buscar esa respuesta. Esta llegó a sus labios casi antes de que tuviese la oportunidad de formar la palabra en su mente.

-Sí.

April sonrió entonces, con un brillo de lágrimas en los ojos-Me alegro-dijo.

Clara le devolvió la sonrisa, y por primera vez miró a su tía sin una punzada de dolor. La mujer mayor se inclinó sobre la mesa de cristal para tomar la mano de Clara y aquella no se apartó.

14
LOS ÁNGELES, 2015

El oxígeno estaba viciado dentro de la caravana. El aire acondicionado hacía horas extras para combatir el calor de julio. Clara se movía sobre su silla plegable. Aunque el aire estaba frío, todavía se sentía asfixiada.

Clara se ordenó a sí misma dejar de quejarse, incluso en sus propios pensamientos. Estaba investigando cómo era la realización de películas y esta caravana sofocante formaba parte de su aprendizaje.

Otras tres chicas se sentaron frente a sus propios tocadores. Una de ellas trató de ignorar a las demás, como si ella estuviese por encima. Las otras dos susurraban entre ellas en su rincón compartido, mirando alternativamente a la chica silenciosa y a Clara. La joven se preguntaba si estarían tramando el inicio de la Tercera Guerra Mundial, ya que sus caras estaban muy serias.

Clara tuvo que morderse la lengua para no reírse de ese pensamiento. Reír a carcajadas sería de mala educación, pero también llamaría la atención hacia ella. Aquello igualmente formaba parte de su aprendizaje, averiguar todo lo que pudiese sin llamar demasiado la atención.

Un asistente de producción llamó a la puerta.

-Clara, te necesitamos en el set-dijo.

-No hay problema.

Clara se levantó, revisando su maquillaje rápidamente antes de dirigirse hacia la puerta. El asistente de producción la esperaba con un portapapeles en la mano. Clara llevaba dos semanas trabajando en esta película, por lo que tenía escolta de honor desde y hasta el set de rodaje. Sonrió y se enderezó la minifalda de cuero.

Interpretaba a una amiga de la mejor amiga de la protagonista, así que tenía numerosas escenas, aunque estas eran banales. Todas ellas interpretaban a prostitutas felices, y a Clara le parecía gracioso. Nunca entendió de dónde sacaba Hollywood sus tramas o por qué el público seguía comprándolas. Se encogió de hombros, pues aquello no era asunto suyo. Lo que quisiera el público era bueno para ella.

Su cabello rubio le salía por la cabeza como si fuese una corona de espinas. Cuando llegó al set, la maquilladora y la peluquera fueron hasta ella, revisando si se le había estropeado algo mientras esperaba. Evidentemente eso no sucedió. Clara era una profesional.

Esperó pacientemente mientras la echaban un vistazo. Simplemente para hacer valer su autoridad, la peluquera principal le aplicó más espray para el cabello antes de dejar que Clara entrase en el set de rodaje.

Clara sonrió mientras pasaba bajo los focos calientes. Solo el sol del mediodía en el desierto era más luminoso. Se sintió como en casa al instante, y la tensión se le salió de los hombros como si fuese agua. La segunda protagonista asintió con la cabeza, dándole una sonrisa furtiva. Clara asintió en respuesta, con cuidado de no mirar a la protagonista. La estrella de la producción era una adolescente que llevaba trabajando en el cine y la televisión toda su vida. Tuvo un papel protagonista en una famosa comedia y era consciente de su alta posición en el set de rodaje. Odiaba a Clara sin ninguna razón comprensible. La muchacha se sentía inferior, lo que a Clara le pareció extraño, ya que ella misma nunca había trabajado más de dos semanas en ningún proyecto, mientras que aquella niña había ganado un Óscar.

Clara sonrió para sí misma, con cuidado de mantener los ojos en el director y no en la estrella de la película. Ya debería saber que no tenía que especular sobre los motivos de otras personas.

Escuchó mientras el director daba indicaciones, hablando sobre todo con la estrella, que estaba pensativa, con el labio inferior sobresalido. La muchacha lo había estado poniendo difícil todo el día, según pudo deducir Clara de la mente del director. Esta aguantó un suspiro. Parecía que una simple escena se iba a convertir en un espectáculo de cuatro horas.

Clara se encogió de hombros. Cuanto más tiempo tomaba aquello, más aprendía. Llamó la atención de la segunda protagonista y le guiñó un ojo.

No terminaron de rodar hasta las ocho y media de la tarde. Clara sabía que la producción había tenido pérdidas mientras esperaban a que la protagonista estuviese lista para trabajar, y agitó la cabeza, perpleja. Era un milagro que cualquier película llegara a hacerse con la incompetencia y desperdicios que se producían.

Clara salió del rodaje encogiéndose de hombros tras un largo día. Vio a Pete esperándola junto a la acera y esta se metió en su Toyota.

-Eh, tú, ¿cómo te ha ido?-le sonrió.

Clara se inclinó y le dio un beso.

-No estuvo mal-dijo.

Clara nunca chismorreaba sobre lo que ocurría durante los rodajes, aunque Pete solía hacer preguntas mordaces. Cuando salía de trabajar no quería hablar sobre cine.

-¿Hacia dónde nos dirigimos?-preguntó.

-Había pensado en quedar con los chicos en Ventura, pedir una pizza y pasar el rato con ellos.

-Vale-Clara se recostó en el asiento y se relajó. Le dolían los hombros. Tenía que conseguir que Pete le diese un masaje más tarde.

Comieron pizza en el restaurante favorito de Pete, rodeados por sus compañeros técnicos, la mayoría de los cuales eran aprendices y asistentes de electricista de rodaje. Ninguno trabajaba en ese momento, pero todos ellos tenían producciones en camino, así que estaban relajados y de buen humor. Clara se comió la pizza y dio un sorbo a la cerveza tibia. Tenía que haber pedido un refresco, pues la cerveza americana era una bazofia.

Uno de los muchachos estaba contando cotilleos sobre una estrella importante, la cual había tenido un berrinche en el set. Clara no hizo ningún comentario, sino que escuchó su historia. Miró a su alrededor en el restaurante. Por suerte para él, allí no había nadie más de la industria del cine. Se preguntaba por qué ese chico había sido tan imprudente al contar esas historias en un lugar donde podían escucharle. ¿Acaso él no sabía que hablar así podía hacer que le señalasen?

Clara vio cómo los demás se unían a la conversación con sus propias historias, algunas sobre la misma estrella y otras sobre otros famosos. Cuando Pete abrió la boca para contar su propio cotilleo, Clara le puso la mano suavemente sobre el brazo. Bajó la voz, inclinándose para susurrarle al oído.

-¿Me traerías una coca-cola, Pete?

Pete abrió los ojos como platos tras sus gafas. No se acordaba de la última vez que Clara le había pedido algo. Se levantó y olvidó lo que iba a contar. Cuando regresó, Clara había dirigido la conversación hacia los salarios sindicales, que era un tema más seguro.

Pete se unió al debate con entusiasmo y no salieron del restaurante hasta medianoche. Todos se fueron felices, un poco borrachos y satisfechos de haber solucionado ellos solos todos los problemas de la industria del cine. Clara le quitó las llaves del coche a Pete, y este la conocía lo bastante bien como para no quejarse.

-Ha sido divertido-suspiró, reclinándose en el asiento de cubo.

Clara sonrió-Ha sido-dijo. No cuentes demasiados cotilleos como hicieron ellos.

-¿Cotilleos?

-Sobre las tretas de los famosos en escenarios cerrados. Los sets de rodaje están cerrados al público por una razón, Pete.

Pete frunció el ceño y se puso derecho en el asiento-Pero los cotilleos son divertidos. ¿Por qué no debería contarlos?-preguntó.

Clara suspiró. Sabía que no tenía que involucrarse tanto en su vida, pero se sentía culpable si por lo menos no le advertía de lo evidente. La culpa no era una emoción con la que hubiese experimentado demasiado, pero realmente le gustaba. Vio como se subía las gafas sobre la nariz.

-Lo que digo, Pete, es que la gente habla. Espera hasta que quieras jubilarte. Luego, si quieres, escribe un libro en el que lo cuentes todo. Pero no hables mientras todavía estés en la industria del cine.

Pete rio y sus ojos color marrón oscuro brillaron.

-Clara, estás paranoica. No estamos en la Rusia comunista de la vieja escuela o algo así.

Clara se encogió de hombros-Vale, Pete. Lo que tú digas-soltó.

Después de eso, Clara se dio cuenta de que cuando estaban juntos en público, él no hablaba mal de nadie. Se guardaba todos los cotilleos para cuando estuviesen en la cama. Clara era una buena espectadora.

15
LOS ÁNGELES, 2015

Clara se colocó los tirantes de su vestido de seda roja hasta que estos quedaron sin arrugas sobre sus hombros. Se giró para ver su reflejo en el espejo de cuerpo entero. Sus curvas eran exuberantes bajo la suave seda de su vestido. Se sonrió a sí misma. No tendría ningún problema para llamar la atención de Willoughby.

Robert Willoughby, el vicepresidente de desarrollo en Barnett Studios, era un hombre casado que no perdía el tiempo. Era el único hombre casado al que conocía Clara que no se daba a eso. Esa era una parte del motivo por el que ella le eligió para que llevase su carrera hasta el siguiente peldaño. Era un buen hombre, además de honesto.

Llamaron a la puerta de Clara y ella se movió para abrirla. Pete estaba allí, sosteniendo una sola rosa roja y sonriéndole.

Ella le devolvió la sonrisa-Hola, Pete. Feliz Navidad-dijo.

-Será feliz si la aceptas.

Clara se rio de él, con esa risa baja y gutural que dentro de un año sería famosa. Aceptó la rosa que le ofreció y se fue a la cocina para ponerla en agua. Pete la siguió hacia el interior de su apartamento estudio. Ahora tenía muebles y él se dejó caer en el diván que también servía como sofá. Clara no quería alardear de su dinero frente a las personas que conocía en la industria del cine. Deseaba conseguir su primer millón de dólares haciendo películas, y después podría hacer ostentación de su riqueza heredada. Quería que pareciera que se lo había ganado. Si se podía decir que ponerse frente a una cámara suponía ganar algo.

-Pete, ya hemos pasado por esto.

Ahora él era el primer asistente de dirección, y tenía más confianza que cuando le conoció en el rodaje de *Flechas en llamas.* Había dejado de beber y no se acostaba con tantas mujeres como antes, con la esperanza de que ella dejase de hacer lo mismo con otros hombres. Clara nunca dejó de hacerlo.

-Ya sé que hemos pasado por esto, Clara, pero quiero volver a hacerlo.

Sus ojos marrones la miraron desde sus gafas con montura de cuerno, y de repente este le recordó a un profesor de matemáticas de su escuela para chicas al que ella había encontrado atractivo años atrás, antes de que muriese su madre. Clara le apartó el flequillo de los ojos y se inclinó para besarle.

-No soy de las que se casan, Pete. Te lo dije.

-Clara...-él aspiró el aroma de su perfume, y como siempre, se encontraba distraído de sus pensamientos.

Clara deslizó las manos por debajo de su camisa y comenzó a desabrocharle los pantalones.

-Clara, llegaremos tarde-tenía la voz ronca y su respiración se aceleró.

-Está de moda llegar tarde en Hollywood. ¿No lo sabías?

Sus labios estaban sobre los de él, o de otro modo Pete hubiese dicho que solamente los famosos podían llegar tarde a las fiestas de Robert Willoughby. Así estuvo bien. Clara no le hubiera escuchado.

~

Llegaron tres horas tarde a la fiesta y Clara estaba feliz así. No quiso parecer una ansiosa. Robert Willoughby odiaba a los ansiosos casi tanto como a los mentirosos.

El hombre de la puerta ni siquiera comprobó si sus nombres estaban en la lista, pero sonrió a Clara, perdido en sus ojos verdes.

-Pase, señorita…

-Daniels. Clara Daniels-ella le sonrió.

Entró junto a Pete en la casa. Este llevaba diez años trabajando en Hollywood, pero aún tenía que dejar de mirar boquiabierto a los ricos y famosos. Su primer sueldo como asistente de dirección le dio una vida cómoda y trabajaba continuamente, aunque nunca conocería la opulencia de la casa de invitados de Robert Willoughby, y mucho menos la de su mansión.

Clara escudriñó a la multitud y encontró a la señora Willoughby en un primer momento. La gente se dio la vuelta para mirar a la chica con el vestido de seda rojo y al hombre con el que iba. Muchas mujeres iban mejor vestidas, y unas cuantas eran famosas, pero Clara tenía una presencia que hacía que incluso las más hastiadas la volviesen a mirar.

Se abrió paso poco a poco entre la multitud, sonriendo a aquellos que la sonreían, y haciendo gestos con la cabeza a la gente que conocía. A esta fiesta habían sido invitados pocos actores secundarios y ningún extra. Clara tenía su tarjeta del Sindicato de Actores de Cine, pero nunca había trabajado más de dos semanas en ningún proyecto. Sin embargo, eso estaba a punto de cambiar.

Clara se detuvo frente a una señora bajita con el cabello castaño oscuro. Tenía unos cuarenta años y el pelo teñido, pero su sonrisa fue sincera cuando se giró hacia ella.

-Hola. ¿Nos conocemos?-preguntó.

-Hasta ahora no-Clara le brindó una rara y amable sonrisa a la señora Willoughby.

Esa mujer era tan honesta como su marido y mucho más amable. Tenía mucho que ver con su actual éxito, y Clara sabía que también estaría involucrada en el resto de su escalada.

-Gracias por invitarnos, señora Willoughby. Es un placer que te inviten a una casa en Nochebuena.

La señora Willoughby sonrió y le tomó la mano-Me alegro, cariño. ¿Eres nueva en Los Ángeles?-preguntó.

-No, señora. Llevo aquí casi dos años.

-Bueno, me alegro de conocerte.

La señora Willoughby hizo un gesto con la cabeza a Pete mientras se alejaba cuando un amigo amable le daba la mano. Aquel miró a Clara de forma mordaz. A ella no le importaba nada lo que pensara el amigo. Lo esencial era saludar a su anfitriona y lo hizo. Los amigos de la señora Willoughby y sus sospechas eran irrelevantes.

La tía April había inculcado una educación a Clara. La joven volvería a hablar con su anfitriona antes de marcharse. Había sacrificado muchas cosas para convertirse en lo que se estaba convirtiendo, pero existían algunos estándares de los que ni siquiera ella estaba dispuesta a desprenderse.

Pete se acercó al oído de Clara y le habló en voz baja-Ahí está Paul, junto a la mesa de los postres. Voy a saludarle-dijo.

-Está bien-Clara le apartó el flequillo de la frente.

Ella le tenía cariño de verdad, y eso la sorprendía constantemente.

-Me mezclaré con la gente-dijo.

Pete le dio un beso en la mejilla y se alejó, deslizando la mano de su cintura de mala gana.

Clara tomo una copa de champán de la bandeja de un camarero que pasaba por ahí, y saludó con la cabeza a este. Bebió con cautela, oteando la sala en busca de Willoughby. Le encontró mirándola, con el ceño fruncido.

Tenía cuarenta y cinco años y se convertiría en el director del estudio en otros diez años o así. Clara sonrió para sí, sin apartar la mirada. Con su ayuda, él conseguiría su ascenso en menos de dos años.

Willoughby frunció aún más el ceño y comenzó a dar vueltas por la sala. Clara podía leer la superficie de sus pensamientos y supo que se acercaba a ella. No se movió hacia él, sino que se quedó quieta y dejó que fuese él quien se acercase. Para cuando estuvo a su lado, su ceño fruncido era atronador.

-Así que crees que te puede ir bien conmigo si le haces la pelota a mi esposa, ¿verdad?-dijo.

Clara se rio por su rudeza. Le sonrió, disfrutando de la compañía de alguien por primera vez tras un rato largo. Él odiaba la manipulación, y pensó que Clara estaba intentando utilizar a su esposa para llegar hasta él.

-Siempre saludo a los anfitriones, Bob. Me educaron para tener unos modales. No sé si puedo decir lo mismo de ti.

Clara hizo un gesto a uno de los camareros que estaban cerca y tomó otra copa de champán de su bandeja, dejando la anterior, que estaba vacía. Ese hombre había escuchado su comentario y se quedó con los ojos como platos, esperando retirarse a la primera oportunidad. Parecía ser alguien que vivía en la casa y no que la había alquilado para una noche, porque miraba el rostro de Willoughby como si esperase una explosión que nunca se produjo.

Willoughby se acercó, tomó otra copa de champán y bebió, haciendo señales al hombre para que se fuera. Clara no apartó la mirada de su rostro y le observó mientras este decidía lo que pensaba de ella. Sabía que no tardaría mucho.

-Por cierto, nadie me llama Bob. Es Robert-la miró como si la desafiara a discutir con él.

-Si así es como te llaman entonces no te conocen muy bien.

Él la miró fijamente durante un rato largo, con el rostro en blanco. Clara escuchaba su mente girando tras sus ojos. El azul de su mirada parecía incendiarse, y hablaba en voz baja, con un tono amenazante.

-¿Quién demonios eres tú?-preguntó.

Clara le sonrió como si este se hubiese presentado como lo hace la gente en una fiesta en el jardín. Le tendió la mano.

-Soy Clara Daniels. Y usted es Bob Willoughby, el hombre que se convertirá en el director de Barnett Studios dentro de diez años.

Este miró su mano extendida pero no se la dio. Se encontró con su mirada y su enfado se había esfumado.

-Nadie sabe lo que depara el futuro-dijo.

-No, salvo que lo construyan.

La mano de Clara no se movió y su mirada no se apartó de la suya. La lenta luz de la admiración se deslizó en sus ojos contra su buen juicio. La joven vio cómo el primer muro de su mente se desmoronaba mientras este le daba la mano lentamente. No la agitó, sino que la sostuvo mientras la miraba.

-Soy fiel a mi mujer.

-Por eso te he elegido-Clara se rio por su implicación.

Este le soltó la mano-¿Elegido? ¿Para qué demonios?-preguntó.

La sonrisa de Clara desapareció y tomó otro sorbo de champán.

-Vas a darme un papel en tu próxima película.

Ella había hecho su jugada. Ahora le tocaba a él. Escuchó atentamente sus pensamientos, esperando no tener que empezar otra vez con otra persona.

Willoughby resopló y comenzó a alejarse. Se detuvo cuando vio que la muchacha no se movió para seguirle. La miró con los ojos entrecerrados durante un rato largo antes de hablar. Por mucho que lo intentase, no podía entender por qué no se alejó simplemente. Algo en esa chica le retenía. No era su apariencia ni su actitud arrogante. La arrogancia era desenfrenada en Hollywood. Hombres y mujeres hacían gala de ella y eso no les volvía más atractivos a sus ojos. Se dio cuenta de que había algo tras la mirada de la muchacha. La insinuación de un misterio que él sabía que jamás resolvería. A Robert Willoughby le gustaban los desafíos. No se alejó.

-¿Por qué rayos iba a contratarte?-preguntó.

Clara le brindó una sonrisa amable. Realmente le gustaba este hombre. Fue muy estimulante encontrar a alguien dentro de la industria del cine que le agradara de verdad.

-Porque voy a hacerte rico.

-Ya soy rico.

Clara dejó su copa vacía en una mesa cercana. Oteó la sala y vio a Pete hablando con un amigo que se había encontrado junto a la barra de los postres. Estaba tomando mousse de chocolate mientras miraba boquiabierto a las modelos que estaban cerca, quienes obviamente no comían nada. La sonrisa de Clara se hizo más grande al verle. No volvió a prestar atención a Willoughby.

-Serás el director del estudio dentro de diez años. ¿Te parece bien?

Él se movió pero no respondió hasta que ella le miró.

-De acuerdo-dijo.

Clara asintió. Otro muro comenzaba a romperse entre los dos.

-Si me contratas serás el director del estudio en dos años.

Willoughby resopló, pero ella no bajó la mirada. Y tras un momento, su sonrisa sarcástica se esfumó.

-Dos años es una barbaridad.

-Sí, pero tienes talento y yo te haré vender. Dame un papel de amiga del protagonista en tu próxima película y después espera y verás.

-En este momento estoy con *Tres hermanas y un bebé.* Empezaremos el rodaje el mes que viene. El papel de amiga ya ha sido otorgado.

Clara se encogió de hombros. Estaba totalmente relajada mientras este la escrutaba, intentando averiguar sus motivos.

-No importa en qué película me pongas. Simplemente elige una que se vaya a rodar en los próximos seis meses y yo haré el resto.

-¿En serio?-no pudo ocultar el sarcasmo en su voz-¿Eso es todo lo que tengo que hacer y seré el director del estudio?

Clara le miró a los ojos, sin sonreír-Como he dicho, eso tardará dos años. Pero sucederá, lo haré realidad. Y tú también-dijo.

Aquel fue un momento clave. Clara escuchó con gran interés cada pensamiento que se filtraba por su mente. Willoughby la miró a los ojos. No ocultaba su ambición, pero él no escuchó ningún deseo despiadado en su voz. No quería el papel de otra persona. Y ella tenía una presencia que él rara vez, o nunca, había visto. Mientras la miraba, vio parte del secreto que se escondía detrás de sus ojos. Clara no tenía ningún miedo.

-¿Cuántos años tienes?-preguntó.

-Dieciocho-Clara le sonrió cuando este parpadeaba.

La miró durante otro largo y silencioso rato. Años más tarde, nunca supo realmente por qué le respondió así. Pero en ese momento, sintió, sin duda, su éxito como algo sólido, como si este no se encontrara en el futuro, sino en el pasado.

-Estás contratada. Tengo un papel para ti en *En la corriente.* Es pequeño, pero está bien.

Clara le dio la mano-Es genial, Bob. No te arrepentirás-dijo.

-Ya lo estoy haciendo, muchacha-rio un poco en voz baja, pero se relajó.

Clara le ofreció un canapé que tomó de una bandeja que pasaban por ahí. Willoughby lo aceptó y se lo comió, reflexionando en silencio durante un momento.

-Nunca nos habíamos visto antes-dijo-¿Cómo te las arreglaste para conseguir una invitación a mi fiesta?

Clara mostró su cálida y lenta sonrisa que la haría famosa. Le miró a los ojos sin apartar la mirada.

-Ah, nunca me invitaron-dijo.

16

LOS ÁNGELES, 2019

El sol radiante brillaba en el Pacífico, volviendo el agua de un color azul profundo. La calima había sido eliminada por las fuertes lluvias de la semana anterior, y ahora el cielo de Los Ángeles brillaba como casi nunca lo hacía. El yate de Bob Willoughby estaba pintado de color blanco, salvo donde la teca se había quedado al descubierto, y todo el barco se hallaba lacado y reluciente.

Clara se recostó en los mullidos cojines de su tumbona y suspiró. El sol empapó su piel mientras el silencio hacía lo mismo con su mente, roto solo por el sonido del viento, el agua tocando la quilla del barco y los ocasionales pensamientos errantes de Bob, que eran fáciles de bloquear. Fred se encontraba allí con ellos, pero como siempre, su mente estaba en silencio.

Clara se hallaba en tal estado de puro bienestar que no se preguntó por qué nunca le había leído la mente a Fred. Para ella era estimulante encontrar una mente cerrada. Fred era una de las pocas personas a las que ya no quería manipular.

Bob Willoughby hizo un gesto a uno de los mozos de la tripulación y este le llevó a Clara un vaso alto de zumo de frutas mezclado con vodka. Tomó la bebida con una sonrisa.

El mozo parpadeó a la luz de sus ojos y se alejó rápidamente.

Clara tomó un sorbo de su bebida, saboreando la mezcla de zumo con alcohol en su lengua. Como siempre, en el yate de Bob la bebida era perfecta. No recordó cuándo fue la última vez que había estado tan relajada.

-Bob, he muerto y estoy en isla Catalina-dijo.

Willoughby se pasó los dedos por el cabello, todavía húmedo. Venía de nadar junto al yate, ignorando la advertencia de risa que Clara hizo sobre los tiburones. Ahora llevaba puestas unas zapatillas de color blanco y solo tenía el pelo mojado.

-Maldita sea, Clara. Solo estamos a un kilómetro de distancia, diría yo.

Esta se protegió los ojos del sol mientras le miraba.

-Todavía no me has dado las gracias por regresar a Barnett Studios, Bob-dijo.

Bob gruñó y tomó un trago de whisky.

-Si el doble de tu sueldo no es lo bastante agradecido, no sé cuál lo sería.

Clara se rio por su tono descontento-Por lo menos esperaba unas flores, Bob-soltó.

-¿De qué tipo?-dijo frunciendo el ceño.

Reflexionó un rato largo, haciendo girar su bebida con la pequeña sombrilla que estaba puesta en el borde del vaso junto a un trozo de lima.

-Mmm…rosas amarillas con un tinte rosado en las puntas. Rosas que empiezan a florecer.

Bob negó con la cabeza, sonriendo por su atrevimiento.

-Maldita sea, Clara, no vuelvas a robarme un proyecto. Casi pierdo la cabeza por esa dichosa *A la deriva en el desierto.*

Clara se encogió de hombros, con los ojos brillando bajo los cristales tintados de sus gafas de sol, que deslizó hacia abajo.

-Bueno, Bob, te lo advertí.

Este se apoyó en la barandilla de su yate, levantando la cara para oler el aire salado.

-Me lo advertiste, Clara, pero estaba escuchando a Fred en vez de a ti.

-Y ganaste cincuenta millones extra escuchándome-dijo Fred. Este se movió para sentarse junto a Clara en la cubierta.

Ella le sonrió y tomó otro sorbo de su vaso. Había suficiente vodka en el zumo para ponerle agradablemente confusa sin llegar a emborracharla.

En la calima soleada de la cubierta del yate, Clara miró a Fred tras sus gafas de sol. Este se apoyó sobre las palmas de sus manos y dejó que el sol le calentase la cara. Como siempre, estaba totalmente relajado. Los músculos bronceados de sus brazos se veían bajo las mangas de su camiseta de golf. Clara se preguntó si alguna vez había practicado ese deporte.

Fred sintió su mirada y se giró para sonreírle-Así que Bob te está enviando flores, ¿verdad, Clara?-preguntó.

La muchacha sintió la misma euforia silenciosa que notaba siempre cuando estaba con él. La felicidad se le subió a la cabeza más rápido que el alcohol. Estaba habituada a beber, y no acostumbraba a marearse sin motivo aparente. Hoy no se preguntaba nada, pero tomó su alegría como su merecido, como parte del sol, del cielo azul y de la tranquila paz del océano.

-Rosas amarillas, Fred-respondió-Con las puntas rosas.

Willoughby resopló, agitando el hielo de su whisky mientras se sentaba en la silla que estaba frente a Clara.

-No sé cómo lo haces-dijo.

Clara trasladó su sonrisa hacia el director del estudio y tomó otro sorbo de su bebida.

-¿Cómo hago qué, Bob?

-Cómo nos haces saltar a todos.

Fred rio entre dientes y Clara lo hizo con su risa gutural de cine. El mozo de la tripulación que les atendía miró a la muchacha y ella se rio con más fuerza.

-Sabes muy bien que tú solo saltas cuando te conviene-dijo Clara. Se quitó las gafas de sol y le dio su bebida al mozo. Se recostó en los mullidos cojines de su asiento y cerró los ojos. Sintió el viento en su cara y el sol en su cabello. No recordaba haberse sentido nunca tan en paz.

Bob hizo un gesto para pedir otro martini para Fred, pero aquel levantó la mano.

-No, gracias-dijo.

Willoughby observó cómo la luz del sol resaltaba los reflejos del cabello dorado de Clara. Su vestido de seda rosa se movía con la brisa ligera cubriendo sus piernas hasta las rodillas.

Bob sacudió la cabeza con pesar-Maldita sea, Clara. Debería haberme acostado contigo cuando tuve la oportunidad-dijo de forma irónica.

Esta se rio de él, abriendo los ojos de mala gana para encontrarse con su mirada.

-¿Y estropear una bonita sociedad? ¿Para qué rayos querrías hacer eso?

Willoughby se tomó el resto de su whisky y pidió otro-Como si no lo supieras-soltó.

Debe estar borracho para hacer esos comentarios tan vanos-pensó ella.

-Bob, olvida eso. Nunca has engañado a Brenda y nunca lo harás.

Willoughby la miró a los ojos. Durante un rato largo, quedó atrapado en el verde de su mirada. Entonces el mozo le trajo su bebida y este la tomó, agradecido de tener un motivo para apartar la mirada.

Clara se giró y encontró a Fred observándola, con la mirada fija en su rostro. Esta arqueó una ceja pero no dijo nada. Fred rompió el silencio, su voz era dura y seguía mirando a Clara y no a Bob. Durante un momento ella sintió que este estaba intentando decirle algo más bajo sus palabras, pero no pudo captarlo.

-Hablando de hombres con los que Clara se ha acostado, ¿qué hay de ese chaval nuevo que está dirigiendo *Explosión lejana*, Bob? ¿Cómo se llama? ¿Charlie? ¿Chuck?

Willoughby asintió-Es el chico de los cabellos dorados de Clara-dijo.

La sonrisa de Fred no llegó hasta sus ojos. Clara no entendía lo que estaba intentando decirle, pero podía ver que estaba enfadado.

-Él es uno de esos hombres, ¿verdad, Clara?-preguntó Fred.

Clara odiaba verse obligada a hablar de negocios durante lo que se suponía que era su último día de vacaciones. Tenía que estar en el set de rodaje de *Explosión lejana* a las seis de la mañana del día siguiente, y no quería pensar en películas. Giró la cabeza perezosamente para mirar a Fred. Examinó su rostro, pero este no reveló nada. Deseaba poder saber sus pensamientos para discernir a qué estaba jugando, si es que lo hacía. Él se limitó a mirarla sin pestañear.

Clara decidió abordar la superficie de la pregunta de Fred y olvidarse del resto hasta que él revelase sus pensamientos. Mantuvo la voz suave, aunque pudo sentir la tensión arrastrándose por su cuello y hombros, a pesar del alcohol que había tomado.

-Chuck es un director fabuloso que realmente consigue que parezca que sé actuar. Cuando *A la deriva en el desierto* se estrene en todo el país vas a ver la gran recaudación que se consigue.

-Eso he oído-Bob la miró con el ceño fruncido.

Esta se rio de él, agradecida de poder apartar los ojos de Fred.

-¿Cuál es el verdadero nombre de este niño prodigio?-preguntó Fred.

-Charles Gratelli-dijo Clara-Soy la única que le llama Chuck.

-Seguro que sí.

Clara arqueó una ceja ante esta burla. Nadie, ni siquiera él, le hablaba en ese tono dos veces.

-Fred, si no fuera porque sé de buena tinta que no, diría que estás celoso.

Este se quedó quieto, con el rostro en blanco. Se puso de pie sin decir nada y se dirigió hacia la escalera que conducía a la cubierta superior. Clara observó la obra que eran sus músculos bajo su camisa mientras este subía por la escalera y desaparecía sobre sus cabezas.

-¿Qué?-se topó con la mirada de Willoughby.

Su voz estaba tan tranquila como si se encontrara hablando de un contrato cinematográfico multimillonario. Bob estaba más sereno cuando sentía que había mucho en juego.

-Deberías aclarar las cosas con él.

-¿Cómo?-Clara arqueó una ceja.

Forzó una ligereza en su voz que no sentía. No hablaría de sus cosas personales con nadie, ni siquiera con Bob Willoughby.

-¿Debería dispararle? Eso no sería deportivo.

Bob negó con la cabeza y se terminó el resto de su bebida.

-Clara, a veces me pregunto si tienes corazón.

-Lo tengo, Bob. Está a salvo en una cuenta en el extranjero.

Pese a su tono bromista, Clara miró hacia la escalera donde Fred había desaparecido. En aquel momento, sentada en la cubierta de ese yate bajo el sol de verano, junto al hombre en quien más confiaba del mundo, la tristeza amenazaba con empañar la luz clara y estropear su día. Fred era diferente de todos los demás, pero sus sentimientos por él eran irrelevantes. El amor no era un lujo que pudiera permitirse.

Clara mantuvo la voz tranquila y se dio cuenta de que le costaba hacerlo.

-Bob, desgraciadamente no vivimos en Disneylandia.

Willoughby la miró. Todo rastro humorístico se había esfumado de su rostro.

-No, Clara. Pero tú odias Disneylandia de todas formas.

La muchacha guardó silencio y cerró los ojos. El sol todavía era cálido sobre su rostro, pero el ambiente festivo del día había desaparecido. Se obligó a alejarse mentalmente de Fred, del amor que sentía por él, de los problemas que no ofrecían oportunidades ni soluciones. Se preguntó cuánto tiempo pasaría antes de que hiciesen virar el yate y regresaran a Marina del Rey. Tenía que llamar a Donna para hablar del rodaje de mañana.

Cuando Clara entró en casa, el silencio la envolvió como si fuese un capullo. Margherita y el resto del personal se habían marchado ese día y el sol se había puesto detrás de la bahía.

Clara entró en la sala de estar y dejó su bolso en un asiento de cuero. Fue entonces cuando vio las flores sobre la mesa de mármol que estaba junto a la puerta de la terraza. Un jarrón de cristal lleno de rosas amarillas con una pizca de color rosa en las puntas. Rosas que empezaban a florecer. No tenían ninguna tarjeta, así que Clara supo que eran de Fred.

17

LOS ÁNGELES, 2016

Clara sonrió al hombre que vigilaba la puerta. Este llevaba una lista en un portapapeles y el nombre de la joven no estaba en ella. Le indicó que entrase de todas formas y le guiñó el ojo. El hombre trabajaba en la puerta en todas las fiestas que Bob Willoughby organizaba, así que la conocía de vista y la dejaba pasar. Por una vez en su vida, Clara no tuvo que usar su don telepático para manipular a alguien y conseguir lo que quisiese. Eso le parecía estimulante.

Clara oteó a la multitud que deambulaba por el primer piso de la casa de Stan Hendrickson. Las personas circulaban en masa, mirándose unas a otras como si fueran tiburones, fingiendo todo el tiempo que estaban demasiado distraídas para mirar a alguien o necesitar algo. Clara sonrió mientras escuchaba sus burlas y las comparaba con los pensamientos que había en las mentes de esas personas.

-Me encanta ese vestido, Sylvia. ¿Es un Versace?-preguntó una mujer, deteniéndose justo antes de hablar con entusiasmo de una nueva estrella que recientemente había hecho su primer largometraje.

A Clara la sonrisa de esa mujer le pareció una mueca.

Aquella sabía que dicha joven estrella se estaba acostando con su marido y que así fue cómo consiguió el papel.

Clara se movió entre la multitud, apagando su radar interno. Su capacidad de leer los pensamientos de los demás nunca desapareció, pero pudo centrar su atención para que el sonido de sus mentes fuese un zumbido bajo, como el ruido blanco del mar. Después de tantos años, Clara había llegado a un punto en el que no siempre escuchaba los pensamientos de los demás, sino que se adormecía un poco con su murmullo bajo. Era casi un alivio.

Clara tenía diecinueve años pero sabía que aparentaba veintiuno. Observó con diversión cómo las otras mujeres la miraban con hostilidad. No tenían forma de saber que la joven no era una amenaza para ellas. Ninguna tenía lo que ella quería, y si así fuera, ella estaba por encima de robarle la gloria a otra. Clara quería su propia gloria.

Tomó una copa de champán de una bandeja que pasaban por ahí y se la bebió mientras se dirigía a la terraza. Había velas flotando en la piscina climatizada y miró a la muchedumbre de afuera. Los hombres la miraban fijamente y ella sonreía. No tenía que ser telépata para saber lo que pensaban.

Clara descubrió que nadie en esa fiesta podía hacer más cosas por ella que Bob Willoughby, así que decidió relajarse. Esa noche solo se divertiría. Algunos de los hombres más guapos del mundo estaban cerca de esa piscina. También podría probar a uno o dos de ellos mientras estuviese allí.

Se sentó en un sillón y se recostó, tomando su bebida. La falda se le subió por los muslos, mostrando una extensión lisa de piel bronceada. Sabía que broncearse equivalía a tener cáncer, pero las medias eran un inconveniente. Pensó que quizá debería ponerse un liguero en vez de arriesgar su piel al sol.

Clara estaba reflexionando sobre aquello cuando un muchacho se sentó junto a ella. Tenía el cabello negro y los ojos color azul cielo profundo. Supuso que este no le sacaría más de cinco años. Le miró a los ojos y sonrió. No podía leer sus pensamientos. El champán debía haber empezado a nublarle la visión.

En ocasiones, cuando estaba en medio de una multitud, y especialmente si había bebido, los pensamientos de una sola persona se veían inundados por el peso colectivo de todas las demás mentes cercanas. Esa noche debía de haber por lo menos trescientas personas en casa de Stan. Clara descartó sus especulaciones encogiéndose de hombros y observó al chico mientras este la miraba.

-Hola-él tenía la voz profunda y consiguió que un escalofrío recorriese su espalda.

Clara se sintió casi joven cuando le miró, observando la forma en que su mano envolvía su copa de vino. Una tranquila sensación de alegría la llenó y añadió sabor a su deseo. La saboreó. El gusto del placer era nuevo para ella.

-Hola-bajó su tono de voz para igualarse a la de él.

Él le sonrió, pero no parecía incómodo, una diferencia que le separaba del noventa y ocho por ciento de personas de la fiesta. Clara dejó que sus ojos recorriesen su cuerpo. Él era esbelto y llevaba pantalones desteñidos que abrazaban sus caderas estrechas, y una camiseta con el nombre de una película en esta. Ella nunca había visto esa película, pero había escuchado que era bastante olvidable. Clara se preguntaba si era un actor.

Su mirada se posó en sus piernas durante un momento mientras él tomaba otro sorbo de champán. Clara sabía que el verde jade de su vestido hacía juego con sus ojos y que la seda favorecía su figura al adherirse a esta.

Los ojos del muchacho se detuvieron en sus caderas y en sus pechos antes de hacerlo en su rostro. En ese momento, ella dejó de pensar que este pudiera ser un actor. Estaba demasiado seguro de sí mismo. Aquello podría haber sido un atrevimiento, por supuesto, pero Clara estaba bastante convencida de que no lo era. Durante un momento deseó poder entrar en sus pensamientos, pero entonces él le habló.

-Eres la mujer más hermosa de aquí-dijo. Su mirada nunca abandonó su rostro.

-Tienes un gusto excelente-Clara soltó su risa gutural.

El muchacho se inclinó hacia delante por un momento y dejó su copa vacía en el suelo de cemento, junto a su asiento.

-Sé que eso parece una frase estándar, pero lo digo en serio.

Clara volvió a sonreírle y se terminó el champán. Él tomó su copa y la puso junto a la suya. La joven arqueó una ceja ante su atrevimiento, pero no dijo nada.

-¿Eres actriz?-su mirada comenzó a deslizarse otra vez por su cuerpo.

Ella se rio y con eso logró que volviese a mirarle a la cara.

-Todavía no. Pero lo seré-respondió.

Este la observó durante un rato largo, como si pudiese ver más allá de sus ojos.

-Sabes, creo que lo serás-dijo.

Clara se levantó, dejando que la seda de su falda se deslizase por sus piernas. Se estiró, dándole una vista de su cuerpo sin obstáculo alguno. Él se puso de pie y ella sintió que se quedaba sin aliento ante su cercanía. Usaba una colonia ligera que tenía una leve pizca de sándalo.

Le tendió la mano y él la tomó. Clara se movió para alejarle de la multitud pero le encontró guiándola. Descubrió que disfrutaba de la novedad de ser guiada. Ella había llevado las riendas tantas veces, de forma carnal y de otras maneras, que se dio cuenta de que estaba cansada de ello.

Le siguió por la gran escalera. Pensó que la estaba llevando hacia una habitación del segundo piso y se sorprendió cuando la llevó más arriba. En el tercer piso había algunos dormitorios libres, pero no la condujo a ninguno de estos. La llevó a un cuarto de baño del tamaño de un armario y cerró la puerta.

Clara rio, y el sonido retumbó en las paredes de roble.

-Tengo que decir que esto es algo nuevo-dijo ella.

Él le brindó una sonrisa, rozándole la mejilla con sus dedos antes de pasarle la mano por el cabello.

-Este sitio es privado. La mayoría de las habitaciones de esta casa no lo son.

-¿Hay cámaras ocultas?-bromeó Clara, disfrutando de la sensación de que su pulso se acelerase cuando él la tocaba.

-Se podría decir que sí.

Sus labios se arrastraron desde su pómulo hasta su cuello, y ella se apoyó en él.

-No me gustaría terminar en YouTube-dijo Clara.

Sintió su risa en su piel y, se estremeció.

-No, no quisiéramos que pase eso.

Después él se quedó callado, pasando los dedos por sus muslos mientras le subía la falda hasta la cintura. La empujó contra la puerta. Era una puerta robusta hecha de roble y tenía la cerradura en buen estado, por lo que apoyó todo el peso sobre esta.

Hicieron el amor rápidamente, moviéndose juntos como si estuviesen hechos para ello. Ambos se quedaron sin aliento y cuando acabaron se miraron a los ojos. Clara tuvo la extraña sensación de que le resultaría difícil apartar la mirada.

-Nunca había hecho esto antes-dijo.

-Jamás lo reconocerías-soltó Clara, riéndose.

Él sonrió por sus palabras y la besó.

-Quiero decir que nunca había hecho esto en un baño.

-Ya somos dos. ¿Me acompañas hasta mi coche?

Él la besó en la sien y ella pensó durante un momento que le diría algo más. Pero el instante pasó y simplemente le tomó de la mano.

Bajó las escaleras con ella. La gente sonreía de forma afectada al verles marcharse juntos, pensando que Fred había hecho una conquista. Clara se imaginó que era ella quien lo hizo todo, pero durante toda la vida había sabido que lo que la gente pensaba de ella raramente se parecía a la verdad.

El muchacho la acompañó hasta su diminuto coche japonés. Este le quitó la llave, abrió la puerta y la sostuvo. Clara se sintió extrañamente tocada por ese gesto y vaciló antes de entrar.

-Supongo que darnos los números de teléfono sería una mala idea-dijo él.

Ella le miró durante un rato largo, sorprendida de que en realidad estuviese tentada de hacer eso mismo. Su buen sentido anuló su extraño estado de ánimo.

-Probablemente.

Él se inclinó y la besó suavemente, y después dio un paso atrás y la dejó marchar.

-¡Nos vemos!-Clara se metió en su coche.

Fred cerró la puerta detrás de ella-Eso espero-dijo.

Clara le sonrió mientras encendía el motor. Él dio un paso atrás y la saludó alegremente. Hasta que no se encontró en la autopista de regreso a su apartamento en Hollywood Hills, la joven no se dio cuenta de que no le había preguntado su nombre.

18

LOS ÁNGELES, 2016

Clara levantó el teléfono y apagó la aspiradora. Estaba en su día de limpieza de primavera, aunque era mediados de julio. Tenía su cabello dorado recogido en un pañuelo y se quitó la tela de la oreja mientras levantaba su teléfono móvil.

-Hola.

-Clara, estás dentro.

Clara sonrió al oír la voz de Bob Willoughby. Llevaban trabajando juntos durante casi un año y todavía le encontraba encantador.

-¿Estoy dentro de qué, Bob?

-De la nueva película de Cleopatra.

-Eso es fabuloso.

Clara pasó su paño por la mesa de caoba. Tan solo tenía unos pocos muebles en su apartamento, pero todos ellos eran buenas piezas.

-¿Soy su sirvienta o algo así?

Se produjo un largo silencio al otro lado de la línea. Cuando Bob habló, ella pudo apreciar la emoción en su voz.

-No Clara. Tú interpretas a Cleo.

Clara dejó de mover la mano sobre la mesa y se quedó muy quieta.

-¿Qué?

-Tú eres Cleopatra, muchacha. Frank acaba de darme luz verde.

Bob se refería al actual director de Barnett Studios sin usar el habitual tono de desprecio en su voz. De ese modo Clara supo que estaba hablando en serio.

-Mierda.

Ella guardó silencio por un momento y él se rio.

-Nunca pensé que llegaría el día en que te quedases sin palabras.

Clara se sentó en el suelo de madera dura de su gran salón. El sol de la tarde entraba oblicuamente por la pared de las ventanas. Mientras miraba el exterior, vio un pájaro volando a gran altura sobre las colinas.

-Bob, tengo un problema.

-¿Qué?

-Soy rubia.

Bob se rio tanto que le oyó dejar el teléfono en la mesa. Ella sonrió, escuchándole. Él rara vez se reía por pura diversión.

-Dios mío, Clara, nunca dejas de sorprenderme.

-Por eso me mantienes cerca de ti-Clara se estiró como un gato a la luz del sol, se quitó el pañuelo y se dejó caer el pelo sobre los hombros.

-Todavía no es oficial, así que no vayas por ahí contándolo.

Ahora le tocó reír a Clara-Tonterías, Bob. No me habrías llamado si no hubiesen tomado una decisión-dijo.

En su imaginación ella pudo verle sonreír, y escuchó ese gesto en su voz.

-Sí, está hecho. Simplemente el director no lo sabe todavía.

-¿Necesitan que vaya y hable con él?

-No, no te dejaría perder contra ese pobre cabrón. No está reacio, solamente es un inconsciente.

Clara sonrió, recostándose en sus manos, mirando los músculos de sus piernas mientras se estiraba.

-Tenemos que celebrar esto-dijo ella.

-Estoy de acuerdo.

-Busca a Brenda y nos vemos en West. Tengo ganas de comer un bistec.

-¿Cuándo?

-¿Qué te parece a las siete?

-Estupendo.

Clara oyó el crujido de su silla cuando este se reclinó en ella. Supo que estaría mirando por la ventana sobre el espacio del estudio.

-Bob, esto te convertirá en el director del estudio.

-Actualmente, Clara, eso conllevará otro proyecto más, y lo sabes.

-Espera y verás. Dos meses después de que este se inicie, te sentarás en la silla grande.

Bob resopló-Bueno, Clara, sé que esto te hará famosa-dijo.

-No usaré peluca.

Él se rio de su broma y Clara sonrió.

-Demonios, no. Te conseguiremos el mejor tinte que haya en la ciudad. Ahora deja que llame a mi esposa.

-¿Aún no se lo has contado?

-¿Antes que a ti? ¿Qué clase de imbécil crees que soy?

-Te veo esta noche-Clara sonrió.

-El estudio está comprando proyectos, ¿verdad?-preguntó Willoughby.

Clara hizo una mueca, sintiéndose más ligera que cuando tomó el teléfono.

-Tienes toda la razón-dijo.

Le oyó reír mientras colgaba.

~

Clara sonrió a Willoughby mientras este levantaba su copa.

-Por la próxima Katherine Hepburn-dijo.

Clara rio, tomando un sorbo de vino.

-¿Quién rayos será, Bob?

-Tú, y tú también, lo sabéis.

Clara sonrió, guiñando un ojo a Brenda, que estaba a su lado-¿No piensas que antes debería aprender a actuar?-dijo.

-Actúas lo bastantemente bien-Bob comenzó a cortar su bistec.

Brenda se inclinó y le tocó la mano a Clara.

-Tu sonrisa venderá, Clara. Y tus ojos también-dijo.

Sonrió a la esposa de Bob y le apretó la mano. Brenda era la mujer más encantadora que Clara recordaba haber conocido. Esta no pertenecía al mundo de Hollywood y Bob no habría sobrevivido allí sin ella.

-Gracias, Brenda. Tienes que venir a verme al set de rodaje y darme ánimos. Sentiré que no tengo habilidades frente a Pat Mulligan. Bob, ¿cómo es que de todas formas eligieron a un irlandés para interpretar a César?

Bob se encogió de hombros y se sirvió más vino.

-No lo sé. Es un gran actor. Hombres y mujeres le adoran. ¿Esos motivos son suficientes para ti?-dijo.

Clara puso una mueca y pinchó un trozo de filete con su tenedor.

-Ahora, todavía no he visto el guión, así que déjame despejar una duda. ¿La película termina antes de que Cleo tenga veintitrés años?

Willoughby asintió-Reducimos la película a la mitad e hicimos que el guionista rellenase los dos primeros actos. Anteriormente aquello era como una maldita clase de historia y sabe Dios que nadie va a pagar por ver eso-dijo.

-¿Así que eliminaron a Marco Antonio de la película?-Clara mantuvo su voz suave.

-¿Marco qué?-Bob la miró a los ojos y esta vio fuego en

ellos-¿A quién, pregunto, le importa un carajo Marco Antonio? Salió derrotado.

Clara rio y tomó su vino. Las personas que estaban en el restaurante escucharon su risa gutural y se giraron para mirarla. Algunas de ellas conocían a Bob Willoughby, pero nadie sabía quién era ella. De momento.

-Sí, tuvimos que negociarlo con el guionista-dijo Bob-Resulta que este es el sobrino de uno de los productores, así que en realidad tuvimos una pelea entre manos durante cinco minutos-resopló-Aclaré esa basura. Nadie quiere ver un docudrama sobre un perdedor.

Clara disimuló su sonrisa-Entonces, ¿cuándo empezamos a rodar?-preguntó.

-La próxima semana. Mañana tendrás que ir y teñirte el cabello. Quieren volver a hacerte una prueba con el pelo oscuro-Bob garabateó un nombre y una dirección en el reverso de su tarjeta de visita-Vete a ver a este chico. Es el mejor.

-No tenía ni idea de que supieses tanto sobre el cabello de la mujer, Bob-a Clara le brillaban los ojos cuando este la miró.

Brenda le puso la mano en el hombro a su esposo y rio.

-Clara, eres un soplo de aire fresco. Nadie se burla de Bob salvo tú.

Clara le guiñó un ojo a esta y Bob gruñó.

-Maldita sea-dijo él.

-Eso le viene bien-Brenda sonrió serena.

Clara levantó su copa-Por Bob Willoughby. El próximo director de Barnett Studios-dijo.

Brenda levantó su copa-Aquí, aquí-soltó.

Bob no sonrió, pero bebió sin quitar la mirada del rostro de Clara.

19

LOS ÁNGELES, 2016

La voz de Bob Willoughby sonaba tranquila por teléfono. Clara estaba en su terraza, pasándose los dedos por el cabello y apretando los dientes. Bob nunca le pedía favores, pero ahora mismo sí.

-Clara, no te vas a morir por pasar un fin de semana en este spa.

Clara respiró profundamente, intentando controlar su genio-Sé que no me voy a morir, pero los spas me ponen nerviosa. Te dan comida de conejo y te hacen correr siete kilómetros al día. No, gracias-dijo.

Pudo notar una sonrisa en la voz de Bob.

-No es esa clase de lugar. Ahí sirven filetes miñón y los mejores vinos. Te miman, te dan masajes y complacen todos tus caprichos.

-¿De verdad? ¿Todos?-Clara levantó una ceja.

Willoughby escuchó el tono insinuante en su voz pero lo ignoró.

-Clara, serán dos días fantásticos. Ves una región bonita, tomas vino, te echas un amante masajista, o dos, y el estudio lo paga todo. ¿Qué es lo que no te gusta?

-Bob, ¿por qué tiene que venir esta mujer, Donna? No lidio bien con las mujeres.

Clara sabía que sonaba petulante, pero el lunes cerraba la compra de su primera casa y su abogado la estaba poniendo nerviosa.

-Brenda te adora.

-Brenda es diferente, Bob, y lo sabes.

-Confía en mí, muchacha. No querrás empezar un rodaje de tres meses con una mujer a la que apenas conoces. Donna es una buena representante, la mejor de la profesión, y se toma en serio el conocer a sus clientes. Quiere pasar algo de tiempo contigo para saber cuáles son tus peculiaridades.

-Entonces ella puede adaptarse, ¿verdad?

-Esa es la idea.

Clara suspiró. Le vendría bien pasar un fin de semana fuera de la ciudad.

-Dime otra vez dónde está ese spa.

Pudo apreciar la sonrisa de Bob en su voz-Donna tiene las direcciones. Ella te recogerá-dijo.

-¿Me tomas el pelo?

-No quiere que nadie te moleste.

Clara resopló.

-Acostúmbrate, muchacha. Esto será así cuando seas famosa.

-¿Tendré a Donna a mi entera disposición?

-Entre otras personas.

Clara se rio-Está bien, Bob. Ya veremos lo que pasa-dijo.

Donna era una mujer delgada que llevaba puesto un sofisticado traje negro y elegantes joyas de oro. Tenía el cabello negro y cortado al estilo paje y conducía un deportivo Maserati rojo, que hizo a Clara preguntarse a quién había representado en el pasado.

Donna salió del coche y le dio la mano. Clara la estrechó.

-Hola, Clara. Déjame que lleve eso.

Donna metió la bolsa de equipaje de Clara en el coche y le abrió la puerta del copiloto.

-Siento que vayamos un poco informales-Donna aceleró el motor del costoso coche-Habría conseguido una limusina, pero Bob dijo que querías un fin de semana relajado.

Clara profundizó en la mente de esa mujer, sospechando que esta era alguien frívola. Sin embargo, Donna no estaba bromeando. Su mente era totalmente seria y sentía que cada momento con su cliente tenía mucho sentido. Esta representaba a tan solo un actor a la vez, algo prácticamente inaudito en Hollywood. Respaldaba a cada cliente con una obsesión ciega que era legendaria. Bob decía que les costaría más que cualquier otro representante que pudiesen conseguir, pero que cada centavo valía la pena. Clara le había tomado la palabra, ya que, para empezar, no veía la necesidad de tener a un representante.

Sentada en el coche y mirando a Donna maniobrando hábilmente a través del tráfico vespertino, Clara comenzó a revalorar la situación. Donna tenía una voluntad casi tan fuerte como la suya y ninguno de sus favoritismos. Ya le agradaba esa mujer.

-Te he reservado una suite frente al mar. No quise que nadie te moleste durante este fin de semana. Empiezas a rodar *La reina de Egipto* dentro de una semana y necesitas despejar la cabeza-Donna hablaba rápidamente mientras entraba en la Ruta Estatal 1, adelantando a un camión de dieciocho ruedas.

Clara sonrió cuando Donna dio un giro en una curva en forma de U a ochenta kilómetros por hora. Se recostó, con el sol calentándole la cara, y disfrutó de cómo sentía el viento en su cabello.

Por algún motivo Donna quería cuidar de ella ese fin de semana. Y milagrosamente era lo bastante competente para hacerlo. Clara jamás había sido atendida en su vida, pero dos días así no le harían daño.

Observó cómo una gaviota sobrevolaba sus cabezas y también vio la luz del sol centelleando en la superficie del mar que había junto a ellas. Suspiró, recostándose en el asiento de cuero, y se preparó para que la mimasen.

Clara había oído hablar del tratamiento que se le daba a las estrellas, por supuesto, pero nunca había prestado atención al tema, ya que jamás iba dirigido a ella. En el spa de la costa de Monterrey, experimentó aquello por primera vez. Donna había llamado con antelación y le había dicho al personal que Clara era una estrella joven y prometedora y que tenía dinero para gastar. También añadió que Clara era alguien que podría tener influencia en el futuro y que era una buena idea para su negocio tratarla excelentemente. Así que cuando Donna llevó el Maserati bajo el toldo del edificio principal del spa, tres hombres salieron para recibirlas. Uno sacó el equipaje del maletero mientras otro abría la puerta de Clara. El tercer hombre, que era el gerente de turno, le hizo una reverencia y le besó la mano.

Clara casi se echó a reír, pero se contuvo. Este hombre era muy serio en lo que respectaba a su negocio. Incluso si ella pensaba que su negocio era una tontería, respetaba sus intenciones. Sonrió y se quedó quieta hasta que él le soltó la mano.

Donna dio un paso adelante-Nos gustaría ver la suite de la señorita Daniels. Necesita instalarse-dijo. Su voz era enérgica y cortés.

El gerente le hizo una reverencia.

-Por supuesto. Venga por aquí, señora. Señorita Daniels.

Clara le siguió, perpleja. Dieron un pequeño paseo por el vestíbulo mientras el gerente las conducía por la alfombra de felpa y pasaban por la cascada empotrada. Los otros dos hombres les siguieron con el equipaje en la mano. Clara sintió que debería sonar música para terminar su paseo. Mientras pensaba en ello, una mujer se sentó en el piano que había en el vestíbulo y comenzó a tocar música de Chaikovski. Clara se mordió la lengua con fuerza y el dolor le impidió reír a carcajadas.

Su suite estaba hermosamente decorada en tonos verde pálido y beis. Una de las paredes era de cristal y había una puerta corredera que daba a la playa. Clara podía oír cómo chocaban las olas. Además del calor del desierto, adoraba el sonido del mar.

Clara caminó por la suite mientras Donna hablaba con el gerente, dándole instrucciones para la comida de esa noche y solicitando que le dieran un masaje a la joven antes de cenar.

El dormitorio también daba al mar y estaba decorado con los mismos tonos verdes pastel. Clara ya se sentía aliviada y no se dio cuenta de que necesitaba que la calmasen.

Uno de los empleados le llevó su bolso a la habitación y le hizo una reverencia antes de dejárselo allí. Ella sonrió y le guiñó un ojo. Este ni siquiera parpadeó, aunque dejó que ella entrase primero en la estancia.

-Esto es maravilloso, Donna. Estoy impresionada.

-Nos alegra que esté contenta-dijo el gerente haciendo otra reverencia.

Los otros dos empleados también hicieron una reverencia y se acercaron a la puerta. Donna sacó dinero en efectivo de su bolso de Armani y lo repartió generosamente entre los empleados, incluyendo al gerente en esa ganancia inesperada.

-Si necesitan cualquier cosa, por favor llámenme-dijo el gerente.

Donna asintió y cerró la puerta cuando este se marchó. Clara esperó hasta que escuchó a sus pensamientos desapareciendo por el pasillo. Después se echó a reír y se tumbó en el sofá lujoso que daba a las ventanas.

-Maldita sea, Donna, nunca había visto algo como esto, ni siquiera cuando era una niña.

-Tiene un punto teatral, ¿verdad?-se giró hacia la barra de la esquina-¿Quieres una bebida?

-No, gracias-Clara se estiró de forma espléndida-Creo que dormiré una siesta.

-Tu masajista vendrá dentro de una hora. ¿Quieres que te avise y te despierte antes de que llegue?

-No te molestes. De todas formas tendré que desnudarme ante él.

Observó cómo Donna captaba el significado subyacente de sus palabras y apreció un brillo en los ojos azules de esta. Clara simplemente sonrió y sintió la diversión de su representante desde el otro lado de la habitación. Donna se topó con la mirada uniforme de Clara sin juzgar nada. Se entendieron la una a la otra. Clara no recordaba haberse sentido así con otra mujer, ni siquiera por un momento.

Su representante se acercó a la puerta-Si necesitas cualquier cosa estoy en la habitación veinte-dijo.

-¿Tiene vistas al mar?

Donna se giró para mirarla, sonriendo, con la mano en el pomo de la puerta.

-Claro que sí.

Más tarde, durante esa noche, Clara se sentó con Donna en la terraza de su suite. Se habían terminado el pato a la naranja y estaban con su segunda botella de vino. Clara se recostó en los suaves cojines de su silla y suspiró. Había realizado algunos ejercicios de calistenia con su masajista después del masaje y pidió una cita para volver a verle al día siguiente. Estaba totalmente relajada, como siempre le pasaba tras mantener relaciones, con sus articulaciones fluidas y flexibles. Encendió un cigarrillo y observó cómo el humo se elevaba hacia el cielo.

Donna sirvió más vino en ambas copas, después se quitó los zapatos y apoyó los pies en la barandilla. Las estrellas brillaban sobre sus cabezas. Se encontraban a kilómetros de la ciudad más cercana, por lo que no había contaminación lumínica.

Clara se quedó asombrada de que Donna hubiese estado sentada allí con ella, en silencio, durante casi una hora. Nunca había conocido a una mujer que pudiera soportar el silencio, salvo su tía April.

Miró dentro de la mente de Donna y descubrió que esta no pensaba en los planes para mañana, sino que simplemente escuchaba el ruido del mar, dejando que sus pensamientos flotaran. Con toda la energía frenética que gastaba, Clara no se había dado cuenta de que Donna también era capaz de estar en calma.

-¿Entonces te acostaste con él?-Donna tomó un sorbo de vino.

-Por supuesto-Clara soltó una larga línea de humo por su boca.

-No quise entrometerme. Solo era curiosidad-Donna se quedó en silencio durante un rato largo-Yo nunca hago esas cosas.

-¿No tienes relaciones?

Donna la miró y se rio. Clara se sorprendió de que su risa fuera suave, casi de niña.

-Tengo relaciones, aunque no demasiadas. No, me refiero a acostarme con un hombre solo porque sea atractivo, habiéndole conocido cinco minutos antes.

Clara se encogió de hombros y apagó el cigarrillo en el cenicero de cristal de la mesa.

-Cuando ya lo has hecho una vez es fácil. Solo tienes que decidirte a dar ese salto y después saltar. Ya ni siquiera lo pienso.

-¿Con quién tuviste tu primer encuentro al azar?-preguntó Donna.

Clara se rio-Dios mío, Donna, lo dices como si fuesen extraterrestres o algo así-dijo.

Donna también rio-No, me refiero a quién fue tu primer compañero al azar-soltó.

Clara vaciló durante medio segundo antes de contestar.

-Mi padrastro-dijo.

Observó a Donna mientras decía eso, preguntándose cuál sería su reacción. No sintió que la juzgase. Esta simplemente pensó en lo que Clara había dicho, sin mostrar ninguna emoción ni relación con ello. El respeto que tenía por su representante se hizo más grande.

-Eso no suena tan casual si este era tu padrastro-dijo Donna al fin.

-No le conoces. Créeme. Darren fue tan aleatorio como parece. Tendrás que confiar en mi palabra.

Se sentaron en silencio, escuchando cómo el mar rompía en la orilla en la oscuridad. Clara nunca supo por qué se abrió tanto con Donna aquella noche. Nunca volvió a ser tan abierta con ella, aunque trabajaron juntas durante años. Clara se preguntó si había luna llena o si el mar la había adormecido con una sensación de complacencia.

Cuando se reunió con Donna para desayunar a la mañana siguiente, la sensación de intimidad entre ellas se había esfumado con la marea saliente. Hablaron de negocios y definieron su estrategia para lidiar con los numerosos productores de *La reina de Egipto.*

Clara nunca supo si Donna empezó a tener aventuras amorosas al azar. Jamás se lo preguntó.

20

STUDIO CITY, 2016

Clara afrontaba su primer día en el set de rodaje de *La reina de Egipto.* Miró por la caravana, incluso hurgó en el frigorífico. Las botellitas de agua Evian en las que Donna había insistido estaban alineadas como si fueran soldados. Clara cerró la nevera y se sentó en el sofá mullido con un suspiro. La caravana no era su casa, pero tampoco estaba mal. Definitivamente era un avance respecto de cualquier otra caravana que le hubiesen cedido anteriormente en un set de rodaje.

Una joven irrumpió en el remolque sin llamar a la puerta.

-Hola, señorita Daniels. ¡Oh!

La chica se quedó paralizada en el lugar, con una expresión de terror en el rostro. Clara miró a su alrededor, esperando ver un lagarto en el suelo o algo así. Allí no había nada.

-¿Qué sucede?-Clara sonrió a la muchacha.

-Oh, señorita Daniels, lo siento mucho. Debería haber llamado. Yo…

Clara se rio. La chica saltó al escuchar ese sonido como si la hubiesen disparado.

-Cálmate. ¿Cuál es el problema?

-Acabo de entrar en el remolque sin avisar-la joven estaba tan pálida que Clara estaba empezando a preocuparse por ella.

-Creo que por esta vez podemos olvidarlo. ¿Quién eres tú?

-Oh-la chica enderezó la espalda y se ruborizó un poco-Soy su asistente, Lila.

Clara sonrió y se puso de pie extendiendo la mano-Hola Lila. Soy Clara. Es un placer conocerte-dijo.

La sonrisa de la joven era como un amanecer sobre su rostro.

-¡Usted es un encanto! Pensé que…-se sonrojó.

-Te han dicho que soy una zorra, ¿verdad?-Clara se rio.

La muchacha se puso todavía más roja.

Clara se tragó su risa-Bueno, lo soy, con los productores. Pero no con los asistentes contratados. Pasa y tómate un refresco-dijo.

La chica parecía confusa pero salió de la puerta donde había estado parada. Se sentó con cautela en la silla que Clara le ofreció, como si esta estuviese llena de explosivos y fuese a estallar debajo de ella. Se movió nerviosa mientras Clara abría una lata de refresco y se la pasaba.

La joven la miraba, abriendo y cerrando la boca como si fuese un pez.

-Señorita Daniels…

-¿Quieres hielo? Apuesto a que por aquí hay copas de cristal de baccarat-Clara empezó a abrir los armarios.

Lila se puso de pie con un salto-¡Señorita Daniels! Se supone que no debe atenderme. Se supone que yo…-dijo.

-Lo sé, lo sé. Tú me asistes. Y créeme, lo harás. Pero es tu primer día. Relájate un poco y tómate una copa-Clara se sentó en el sofá lujoso con su propio refresco en la mano.

La joven se sentó remilgadamente en el borde de su silla mullida. Parecía estar incómoda. Clara se recostó y suspiró. Se preguntaba cuándo vendrían las maquilladoras.

-¿Señorita Daniels?

-¿Sí, Lila?

-Quizá deberíamos hablar de...umm, ya sabe, de lo que espera de mí...

-Bueno, ahora mismo espero que te tomes este refresco.

La chica tomó un sorbo de forma obediente y después volvió a intentarlo.

-Es sobre mi trabajo, señorita Daniels. ¿Le gustaría que hiciese algo? Le traigo un periódico determinado, le consigo novelas...

-¿Me puedes conseguir cocaína?

La muchacha puso los ojos como platos.

-Es broma. No tomo drogas duras.

Clara terminó el refresco y miró su reloj. Debía estar en maquillaje en unos diez minutos.

-Tu trabajo consiste en contestar mi teléfono y mantener a todo el mundo lejos de mí, salvo a los productores y al director. Tú interfieres por mí y yo te doy refrescos. ¿Hay trato?

Lila se quedó mirándola en silencio durante un rato largo. Parpadeó y después se echó a reír.

Clara sonrió-Nos llevaremos bien-dijo.

Clara estaba vestida para hacer su primera escena. Se quedó quieta en el set de rodaje, mirando los adornos pseudo-egipcios. Se preguntaba si añadirían un gato vivo al set en sus intentos por conseguir autenticidad. Entonces supo que su mente estaba divagando y se obligó a concentrarse.

Observó cómo se encendía la iluminación y sintió mariposas en el estómago. Casi se rio. Nunca se ponía nerviosa, no era como las actrices de verdad o algo así.

Miró por el plató y vio a Pat Mulligan allí, de pie, tan grande como la vida misma y el doble de maravilloso. Las mariposas de su estómago se lanzaron en picado. Clara se preguntó por primera vez en su vida si había aceptado más de lo que podía hacer.

Se dio la vuelta para mirarle cara a cara y le vio sonriéndole. Las mariposas desaparecieron. Obviamente ella sabía lo que hacía. Clara se acercó a él y le dio la mano.

-Señor Mulligan, es un placer conocerle.

Su sonrisa se volvió cálida y tomó su mano entre las suyas, sosteniéndola sin estrecharla.

-El placer es mío, señorita Daniels. Y por favor, llámame Pat.

Su voz profunda y con acento recorrió su columna vertebral como si fuesen dedos cálidos y ella se estremeció. Clara respiró profundamente en un intento por controlar su lujuria. Casi funcionó.

-Bueno, entonces tendrás que llamarme Clara.

Este sonrió, con su mano todavía entre las suyas-Por supuesto-dijo.

Más tarde, durante aquella noche, Clara vio al último de los doce productores marchándose de su caravana. Donna estaba junto a la puerta, con la mano en la cerradura, esperando por si alguien más llamaba. No vino nadie. Donna cerró con llave y Clara se recostó en su sofá, suspirando.

Clara llevaba puestos unos pantalones vaqueros y una camiseta, y su rostro estaba limpio de maquillaje. Mandó a Lila a casa cuando el quinto productor llamó a la puerta. Donna se encontraba de pie, apoyada en la puerta, aunque ya estaba cerrada con llave, fumando un cigarrillo. Clara gimió.

-¿Tú crees que a todos esos gilipollas realmente les gustó mi trabajo? ¿O solo estaban mintiendo?

Clara no había empezado a leerles la mente. No tenía ganas de nadar en pozos oscuros a estas horas de la noche.

Donna le lanzó una mirada y dio otra calada a su cigarrillo.

-¿Eso te importa?-dijo.

Clara se rio por primera vez desde que salió del set de rodaje-Qué diablos, no-soltó.

-Eso pensaba.

Donna le sirvió una bebida a Clara en la barra y se la dio sin decir una palabra.

-Me duele todo-dijo.

-Ser una estrella supone trabajar mucho.

-Mierda, ojalá alguien me lo hubiese dicho antes-rio Clara.

Donna sonrió y encendió otro cigarrillo.

21

NUEVA YORK, 2016

CLARA SE SENTÓ EN EL LUJOSO SILLÓN DE CUERO, HACIA EL centro de la mesa. Los críticos de cine de todo el país se sentaron por ahí, jugando con sus bolígrafos y con las aplicaciones de grabación de sus teléfonos móviles. Estaban allí por la rueda de prensa patrocinada por el estudio para hablar sobre *La reina de Egipto.* Donna se encontraba junto a Clara, tan protectora como una madre, lista para abalanzarse y llevársela al primer signo de que hubiese un problema. Clara sonrió. No esperaba que hubiese ningún contratiempo.

Uno de los asistentes del estudio le trajo un refresco frío. Clara lo aceptó moviendo la cabeza y lo vertió en una copa con hielo. Esperó a que tomase la palabra uno de los miembros de la prensa.

-Entonces, señorita Daniels, ¿desde cuándo es usted actriz?

Clara sonrió, dando sorbos a su refresco para ganar tiempo. Reprimió el impulso de contar la verdad, que no tenía talento alguno. Tuvo que recordar que en realidad no estaba hablando con las personas que se encontraban allí, sino con el público que leería sus palabras.

Clara mantuvo su tono de voz bajo y serio, mirando al

vacío durante un momento, como si estuviese pensando en la pregunta.

-Bueno, supongo que siempre quise actuar, desde que era pequeña. Mi primer papel de verdad fue Rose de *En la corriente.*

-Te vi ahí-dijo una mujer, empujando sus gafas hasta arriba-Estuviste genial.

Clara estuvo a punto de preguntarle si se refería a la misma película, pero leyó la mente de esa mujer. A pesar de su profesión, esta era una auténtica fan y había visto todas las películas que Clara había hecho, incluida *Flechas en llamas.* La joven se ablandó. Aquello le dio una lección. Algunos periodistas en realidad eran seguidores disfrazados.

Sonrió a la mujer, centrando su encanto sobre ella como si fuese la única persona que había allí.

-Gracias. Yo estaba muy verde en esa película, pero el director era bueno, así que todo salió bien.

Clara soltó la mentira por la boca fácilmente antes de llevarse otra vez la copa a sus labios. La mujer escribió la cita con tenaz determinación, como si el mismísimo papa hubiese dictado las sagradas escrituras, y Clara empezó a sentir la primera emoción de poder.

Otro crítico tomó la palabra. Era un hombre que escribía para Toronto Today. Le sonrió a Clara como si fuese un Don Juan.

-¿Cómo fue trabajar con Pat Mulligan, señorita Daniels?

Clara dirigió su atención a este y se puso seria.

-Ha sido un honor-dijo.

Otra mujer habló, antes de que ese hombre pudiese hacer otra pregunta.

-¿Te has sentido intimidada por el señor Mulligan?

-No-la verdad se le escapó a Clara antes de poder pensar. Respiró profundamente y mostró una sonrisa encantadora-El señor Mulligan era el alma de la bondad. Siempre fue un caballero y ha sido un placer trabajar con él.

-Señorita Daniels-el crítico del Minneapolis Herald levantó la mano-¿Cómo te sentiste al interpretar a la faraona Cleopatra?

Clara sonrió-Eso sí fue algo intimidante-dijo.

Se produjeron algunas risas flojas en la sala y Clara sintió que Donna empezaba a relajarse un poco. Esta se inclinó y encendió un cigarrillo, sin apartar los ojos de los periodistas. Una de las asistentes que dirigían la rueda de prensa entró y señaló su reloj. Donna asintió con la cabeza, dando una calada a su cigarro. Solo había tiempo para una pregunta más.

-¿Cuál será su próximo proyecto, señorita Daniels?

-No hay nada cerrado. Pero digamos que espero hacer un viaje al delta del río Amazonas antes de volver a veros a todos.

Se estaba preparando un gran éxito de taquilla sobre un grupo de zoólogos que iban a la caza de una serpiente gigante en el río Amazonas. La protagonista femenina aún no había sido elegida. Clara decidió hacer una oferta públicamente para apoyar a Willoughby en sus movimientos para conseguirle el papel.

-Me temo que esto ha sido todo el tiempo que la señorita Daniels tiene para vosotros, chicos-dijo Donna-Muchas gracias. Creo que Pat Mulligan es el siguiente en venir. Para aquellos que aún no le conozcáis, os espera un regalo-tomó a Clara del codo y la hizo salir sin perder tiempo.

Clara se rio entre dientes-Maldita sea, Donna. No sabía que pudieras ser tan resolutiva. Qué varonil-soltó.

Su representante le lanzó una mirada y se pasó la mano con la manicura hecha por su cabello oscuro.

-No quería que te tuviesen ahí más tiempo. Tenemos que tomar un vuelo.

Clara abrió la boca para hacer otra broma sin gracia, pero se contuvo cuando vio que Pat Mulligan venía por el pasillo. En persona era un hombre enorme, incluso más atractivo físicamente que en la pantalla. Este le sonrió y se detuvo. Su séquito se colocó a su alrededor, tratando de llevarle hasta la sala de prensa. No dijo ni una palabra, pero les lanzó una mirada que les hizo retroceder unos pasos. Como por arte de magia, se despejó un espacio a su alrededor. Estaba renunciando al horario establecido por el estudio. Pero era Pat Mulligan. El estudio esperaría.

-Hola, Clara.

La joven sintió un escalofrío recorriendo su columna vertebral, como siempre le pasaba cada vez que este decía su nombre. Le sonrió, admirando el brillo de sus ojos color avellana. Era un buen ejemplar de hombre. Se preguntaba, y no era la primera vez, si este tendría el don.

-Hola, Pat.

Donna miró hacia otro lado, dando un paso por el pasillo y sacando su teléfono móvil del bolso. Les dio la espalda de forma discreta y Clara sonrió. Donna pensaba que estos se estaban acostando.

Clara le miró y casi suspiró. No le deseaba.

-¿Cómo ha ido?-preguntó él, con su acento irlandés aromatizando ligeramente la pregunta.

Clara le sonrió, encogiéndose de hombros-Parece que bien. Nunca había estado en una rueda de prensa-dijo.

-Estoy seguro de que lo hiciste bien-sonrió y bajó la voz.

-Buena suerte a ti también.

Este se rio, como ella supo que haría, mientras se alejaba.

-Nunca he necesitado suerte-le guiñó un ojo y su sonrisa se hizo más grande.

Algún día Clara podría preguntarle si era capaz de ver el alma de la gente. No le sorprendería en absoluto si tuviese esta capacidad.

La joven suspiró cuando la puerta se cerró tras él.

-Lo tienes mal, ¿eh?-preguntó Donna mientras comenzaban a caminar hasta el coche que les esperaba afuera.

-¿Lujuria? Sí-dijo Clara.

-Oh-murmuró Donna-Pensé que…

Clara rio y la ensoñación desapareció de sus ojos.

-¿Pensaste que estaba enamorada de él?-preguntó.

Donna se movió incómoda y Clara se rio más fuerte. Tomó aliento mientras salían a la lluvia. Parecía que Nueva York siempre estaba gris cuando Clara se encontraba allí.

-Oh, Donna, tienes mucho que aprender de mí-dijo.

22

LOS ÁNGELES, 2019

-ESO ES EL ENVOLTORIO. FALTA LA POSTPRODUCCIÓN.

Clara sonrió cuando el equipo que la rodeaba estalló en aplausos. El thriller espacial *Explosión lejana* estaba en la lata. Alguien gritó un poco. Uno de los técnicos sacó una botella de champán y comenzó a llenar las copas.

-No pongas eso en los cables, por el amor de Dios-se quejó el iluminista jefe.

Clara se rio al escuchar eso. Chuck se acercó y le puso un brazo sobre los hombros, con cuidado, como si ella estuviese hecha de cristal muy fino.

-Gracias, Clara-dijo. Su voz era suave y tuvo problemas para escucharle por encima del ruido que hacían los miembros del equipo cuando estos comenzaron a golpear sus materiales.

-¿Por qué, Chuck?

Este sonrió al ver que le llamaba por su apodo.

-Nadie más me llama así, ya sabes.

-Cuando esta película sea un éxito en taquilla, todos te llamarán señor Gratelli y nada más.

Charles mostró su sonrisa tímida, con el flequillo rubio cayendo sobre sus ojos.

-Realmente quiero darte las gracias.

-Chuck, eres tú quien hace todo el trabajo. Yo solo estoy aquí y aparezco bien.

Este frunció el ceño un poco.

-Eso no es verdad. Y no me refiero a eso-la miró directamente a los ojos y Clara descubrió que no podía apartar la mirada-Gracias por darme esta oportunidad. Jamás me hubiesen contratado para hacer esta película si tú no les obligas a ello.

Clara casi se rio. Empezó a quitarle el brazo de encima y le despidió con un rápido beso en la mejilla, pero se detuvo a la mitad, atrapada por la luz de sus ojos color azul claro. Este le parecía muy joven y casi inocente. Clara se arriesgó, abrió la mente y leyó sus pensamientos. Rápidamente descubrió que este no era tan joven e inocente como suponía.

Decidió hacerle el cumplido de respetarle.

-De nada, Charles. Fue un placer.

-Sé que todos piensan que eres una mujer dura.

-Querrás decir una persona tenaz-Clara se rio.

-Bueno…sí. Pero ha sido un gusto trabajar contigo.

Esta no habló durante un buen rato. Clara se sintió conmovida por el cumplido, y hacía años que no se sentía así por un elogio.

Se aclaró la garganta-Gracias, Charles. Haces que parezca una buena actriz, y lo sabes. La gente que vea nuestras dos últimas películas pensará que tengo talento-dijo.

Este la miró a los ojos.

-Lo tienes, Clara. No dejes que nadie te diga lo contrario.

Esta escuchó sus pensamientos. Le estaba diciendo la verdad tal como la veía.

-Gracias.

-Y sigue llamándome Chuck-su sonrisa era una luz lenta en su rostro-Me gusta.

Clara le dio un beso en la mejilla-Lo haré-dijo, y se alejó de él-No te olvides de mí cuando los estudios empiecen a pelearse por ti. Quizá necesite que cuentes conmigo otra vez en algún momento.

Esta hizo ese comentario como una broma floja para romper la tensión, pero Charles hablaba en serio.

-Puedes darlo por hecho, Clara.

-Bueno, tengo que tomar un vuelo.

-Por supuesto. Te veré cuando vuelvas.

Este levantó una mano y ella le devolvió el saludo, saliendo del círculo del equipo y las cámaras. Gran parte de este ya se encontraba en el suelo y guardado. Clara se dirigió a su camerino en el lado opuesto del edificio del estudio, donde encontró a Fred esperándola en la puerta de este. Ella le sonrió, pero él no le devolvió la sonrisa.

-Ha sido una escena conmovedora-dijo.

-¿Qué?-Clara parpadeó por la hostilidad en su voz.

Pensó que se reiría de él y se encogería de hombros, pero se sorprendió al no despedirle. En vez de pasar por su lado y entrar en el camerino, le miró y esperó. Su asistente pasó a su lado y entró discretamente.

Fred la miró fijamente-¿Así que él es tu próxima víctima?-preguntó.

-Yo no tengo víctimas, Fred.

No estaba segura, pero le pareció escuchar dolor en su voz.

-Sabes a lo que me refiero. ¿Te acostarás con él?

-¿Con quién?

-Lo sabes muy bien.

Clara le miró a los ojos. Nadie le había hablado en ese tono en más de seis años. Esperó a que el enfado creciese y la tomase por el cuello hasta soltarla frente al hombre que tenía delante. Para su sorpresa, no se produjo ninguna bronca. Clara simplemente se quedó mirando el dolor en sus ojos. No podía leerle la mente, pero su rostro era un libro abierto.

-No, Chuck y yo no somos amantes.

La expresión que tenía Fred no cambió, pero vio que desaparecía un poco de tensión en sus hombros.

-¿Entonces cuándo te vas a acostar con él?

-No voy a hacerlo.

En vez de divertirse a costa de sus celos y burlarse de él, Clara se sintió halagada y contenta.

Entró en su camerino y él la siguió. Su asistente de vestuario dio un paso adelante y le ayudó a quitarse el traje espacial de cuero. Clara tomó una bata de seda suave y Lila le ayudó a ponérsela.

-Lila, ¿podrías traernos al señor Walker y a mí un poco de champán? Creo que en el set de rodaje hay algunas botellas.

-Claro, señorita Daniels.

Lila arqueó una ceja atenta en dirección a Fred, pero este ni siquiera la miró. Esta sonrió mientras se iba con la mujer de vestuario, cerrando la puerta al salir.

Clara se quedó mirando a Fred. Sus ojos eran de un azul más profundo porque estaba enfadado. Ella se acercó a él y le besó la mandíbula, envolviendo su cintura con los brazos. Era la primera vez que le tocaba desde la noche que durmieron juntos en su casa, meses antes.

-¿Estás enfadado conmigo?-preguntó Clara.

-No lo sé-este no se entregó a su abrazo.

Clara arrastró sus labios por su cuello y notó que este cedía un poco.

-Pareces enfadado.

Se apretó a él y sintió que sus brazos la rodeaban. La agarró, pero no intentó acercarla más a él. Se produjo un largo silencio. A Clara no se le ocurría nada simple que decir. Solo podía pensar en el dolor que había visto en su rostro y en cuánto le amaba.

Cuando se encontró mirando el azul de sus ojos, se dio cuenta de que podía pasar toda la vida sin encontrar a alguien que la quisiera como él lo hacía. Aquella verdad era asombrosa, pero allí estaba, en silencio, esperándola, como si hubiese estado aguardando a que ella apagase su propia mente y lo viera.

El silencio se extendió entre ellos hasta que ella habló, por una vez, sin pensar en el pasado o en el futuro, hablando solo por ella, porque así lo deseaba.

-Te quiero, Fred-susurró.

Nunca antes había dicho estas palabras en su vida. Ni a su madre, ni a su tía April. Y ahora se las había dicho a este hombre y no podía retractarse. Se sintió más aliviada por haberlo dicho, porque era la verdad. No estaba acostumbrada a decirle la verdad a nadie, jamás.

-¿Qué?-preguntó él.

Clara apreció conmoción en su rostro. Esta retrocedió haciendo su gesto habitual, encogiéndose de hombros, como para recuperar su aire informal, pero este se había esfumado, y supo que junto a él, nunca volvería a ser informal.

-Lo sé desde hace un tiempo. Pensé que debería contártelo.

-¿Eso es verdad?-la miró fijamente, sin quitar los ojos de su rostro.

-¿Alguna vez te he mentido?

Este la atrajo hacia él y la envolvió con sus brazos con tanta fuerza que Clara pensó que le rompería una costilla. Sus labios tocaron su cabello.

-Dilo otra vez, Clara.

-Te quiero.

-No voy a dejar que te retractes, así que asegúrate de que lo dices en serio.

Clara rio, hasta que levantó la mirada y vio sus ojos. En las profundidades de ese azul perdió la sonrisa.

-Te quiero, Fred. Nunca voy a retractarme.

La besó, con sus labios esponjosos contra los suyos. La abrazó durante un rato largo y ninguno de ellos habló. No intentó estropear el momento acostándose con ella. No se movió para llevarla hasta el sofá y sus manos no recorrieron su cuerpo. Se quedó quieto, respirando el aroma de su cabello.

La tensión enterrada en el fondo de la mente de Clara se desenrolló y se esfumó mientras estuvo en brazos de él. Cuando volvió a tomar aliento el aire tenía un sabor distinto. Era la primera vez que respiraba tranquila en su vida. Sin duda, la primera vez que se encontraba relajada desde que murió su madre, tal vez incluso desde antes, desde la marcha de la tía April. En ese momento no sintió miedo ni dolor en su corazón.

-Deja que te lleve a algún lugar-dijo.

Clara no lo dudó. No pensó en sus vacaciones planeadas en Fiyi, ni en el avión que la esperaba en una pista de aterrizaje en el aeropuerto de Los Ángeles. Habló sin pensar en el pasado ni en el futuro. Habló solo por ella y por la alegría que sentía en aquel momento.

-Está bien-dijo.

23

NORTE DE CALIFORNIA, 2019

CLARA ESTABA DEBAJO DE LOS ÁRBOLES MÁS VERDES QUE había visto en su vida. Nació y se crio en el sur de California, y aunque a menudo era exuberante el lugar donde entraba el agua, toda la vegetación estaba cuidadosamente atendida.

Las secuoyas bajo las que se encontraba ahora llevaban milenios allí y se extendían tanto hacia el cielo que Clara no veía ni rastro del azul que había sobre su cabeza. Se quedó en silencio, simplemente mirando a los árboles. Algunos troncos eran tan anchos como su coche. Clara parpadeó, le dolía el cuello mientras inclinaba la cabeza hacia atrás. Fred le tocó el brazo y esta se giró para mirarle, reacia a apartar los ojos de los árboles.

-No sé por qué nunca vine aquí antes-su voz era suave, sin ninguna pretensión de desapego.

Por primera vez en su vida no llevaba armadura y se sentía desnuda sin ella. Era una buena sensación.

-Jamás se te ocurrió venir aquí.

La sonrisa de Fred la calentó igual que el fuego. Esta extendió la mano y le pasó las yemas de los dedos por los labios.

-No. Nunca se me ocurrió. Una vez leí algo sobre estos árboles, creo, cuando estaba en la sala de espera del médico.

Fred arqueó una ceja-¿Un médico te hizo esperar?-preguntó.

Clara se rio, sintiéndose más joven que nunca, incluso más que cuando era una niña.

-En aquel momento no era famosa.

La tomó de la mano y la llevó hasta la cabaña. Ella caminaba a su lado, todavía reacia a entrar desde el bosque. La casa de Fred se encontraba a ocho kilómetros de Crescent City, en el límite del Bosque Nacional Trinity. No había más casas en kilómetros a la redonda y él era el dueño de las quince hectáreas que rodeaban su casa.

-Aquí no hay absolutamente nadie, Fred.

Clara se encontraba en el porche de su cabaña, bebiendo del silencio que solo se rompía con el sonido de los pájaros y los crujidos de la maleza.

-Por eso me compré esta casa. Me gusta estar solo.

Clara dirigió su mirada a la de él-¿Alguna vez has estado en Palm Springs?-preguntó.

-Solo durante el fin de semana- este esperó, con los ojos sin abandonar nunca el rostro de Clara. Sabía que ella tenía más por decir.

Ella tragó saliva y apartó la mirada.

-Yo nací allí-dijo.

Él no dijo nada.

-Crecí allí-esperó un momento y él seguía sin hablar-Mi madre murió en ese lugar cuando yo tenía dieciséis años.

Fred permaneció en silencio, pero cuando ella no volvió a hablar, este sí lo hizo.

-¿Has vuelto allí desde entonces?

Sorprendida, Clara se giró para toparse con su mirada. Sus ojos no mostraban piedad, tan solo su amor por ella. Supo que este entendió que nunca le había hablado de su madre a nadie más.

-No, nunca he vuelto.

Fred extendió la mano con sus dedos suaves y le apartó el cabello de los ojos, de la misma forma que su tía April hace mucho tiempo.

-Tal vez deberíamos volver los dos juntos.

Clara escuchó su voz mientras decía las palabras "los dos juntos", y no se inmutó.

-Tal vez deberíamos-dijo.

Fred no dijo nada más. Simplemente se acercó y le tomó de la mano.

Clara observó cómo un tronco de cedro caía en el centro del fuego y soltaba una lluvia de chispas. Suspiró y sintió la mano de Fred en su cabello.

-¿Qué estás pensando?-preguntó.

Ella le miró, sorprendida por la pregunta. Se extrañó incluso más al responderle.

-Pienso que tú eres la primera persona en diez años en la que confío.

Sus dedos jugaban con un mechón de su cabello dorado.

-Ya era hora, entonces, ¿no crees?

-Ya es hora-Clara se echó a reír.

El fuego crepitaba alegremente, consumiendo otro tronco.

-Antes te dije que no tengo familia.

-Me lo dijiste.

-Pues no es cierto.

Clara dejó de hablar y el silencio entre ambos se alargó. Espero a que él le hiciese las preguntas que no quería responder, casi conteniendo la respiración, preguntándose qué podría soportar contarle. Sin embargo, Fred no preguntó nada. Simplemente siguió jugando con su pelo, mirándola a los ojos como si esperase que ella siguiera hablando.

Clara respiró profundamente y habló. La historia de su

vida salió a la luz, como un río que se desborda cuando se rompe una presa. Ni siquiera intentó contener la marea, sino que habló de la boda de su madre y del abandono de su tía. Relató la lujuria de Darren y la muerte de su madre. Contó que había visto a su tía April en Nueva York solo cuatro meses antes.

Su historia acabó ahí, y se sentó escuchando el silencio, esperando a que él hablase. Pensó que podría decirle que no tenía corazón, que debería reconciliarse con su tía y sacar a esa anciana de su sufrimiento. Pensó que él podría compadecerse de ella y decirle cuánto lamentaba que su madre hubiese muerto, cuánto sentía que su madre nunca hubiese sido una verdadera madre para ella.

Clara esperó, aunque Fred no hizo nada de eso. No habló en absoluto. La atrajo hacia él y la abrazó, con una mano en su espalda y la otra acariciando su cabello. Ella se apoyó en él, con los músculos tensos, todavía esperando a que hablase, a que la juzgara o la ofreciese consuelo.

Mientras el silencio se extendía entre ellos Clara empezó a relajarse, hasta que se apoyó en él, sin fuerzas, dejando que este soportase su peso. La tensión salió de su cuerpo en una oleada y cerró los ojos. Justo antes de quedarse dormida, sintió sus labios sobre su cabello.

-Te quiero, Clara.

Su voz era suave, y si ella no hubiese estado a centímetros de su boca, no le habría oído.

Las secuoyas se alzaban como si fuesen un dosel, muy por encima de sus cabezas. Clara oía el canto de los pájaros a lo lejos y levantó el rostro hacia la luz del sol que entraba a través de las hojas. Fred estaba a su lado, con la mano en su cintura. Ella le sonrió y él se inclinó y la besó en la mejilla.

-No puedo creer que nunca antes haya estado en este

bosque-Clara se sorprendió al escuchar lo relajada que sonaba.

No recordaba cuándo fue la última vez que se había sentido tan a gusto consigo misma o con otra persona. Se le ocurrió que quizá eso nunca había pasado.

Miró las botas de montaña que Fred le había hecho comprar en la ciudad antes de dirigirse hacia el Bosque Nacional Trinity. Estas eran de color marrón y le quedaban bien con los gruesos calcetines que había insistido en ponerse. Clara se rio de sí misma. Nunca dejaba que nadie le diese órdenes, y aquí Fred le había dado dos en un día y se cumplieron.

Estas órdenes fueron por su bien. Clara se sorprendió por ello, ya que estaba acostumbrada a cuidar de sus propios intereses. Nunca había conocido a otra persona que la pusiera a ella en primer lugar sin pensar en un beneficio propio. Pagaba a gente para que cuidase de ella (su abogado, Donna y Lila) pero Fred lo hacía con naturalidad, sin pensarlo. Clara encontró aquello intimidante. Suponía una cantidad de cuidados igual por parte de ella. Nunca se había preocupado activamente por otra persona, salvo quizá por su madre.

Le miró y observó cómo la luz del sol brillaba sobre su pelo oscuro, resaltando los reflejos rojos enterrados en este. Sus ojos estaban protegidos del sol por sus gafas mientras miraba al desfiladero que estaba a su lado. Clara no tenía forma de leerle la mente y se alegró. Se vio obligada a tener fe en su buena voluntad, a juzgarle por sus acciones. Hasta ahora le había impresionado.

Él se dio la vuelta y la pilló mirándole. Clara pensó que este sonreiría, pero no lo hizo. Se quedó mirándola, hasta que se estiró y se quitó las gafas. Se miraron el uno al otro durante un rato largo y después él se acercó y le quitó las gafas de sol de los ojos.

-Te quise desde el momento en que te vi-dijo.

Clara sintió la necesidad de reír, de hacer caso omiso de la seriedad del momento negándose a creerle. También sintió la necesidad de escapar por el camino que habían estado siguiendo. La ansiedad se deslizó por su estómago como si fuera una serpiente. Nunca supo cómo lidiar con las emociones de otras personas porque nunca había aprendido a lidiar con las suyas propias.

Decidió que lo intentaría por Fred. Mantuvo su voz tranquila.

-Fui una zorra la noche que me conociste, si mal no recuerdo.

Fred sonrió y le acarició la mejilla con las yemas de los dedos, poniendo la palma de la mano sobre su piel. Su mano estaba cálida donde le tocó. Ella no apartó la mirada de su rostro.

-Diría que has tenido tus momentos. Pero vi a través de todo eso.

Clara sonrió y se estiró para tomar su mano entre las suyas.

-¿Ah, sí?

-Sí-la sonrisa de Fred se esfumó-Sabía que eras la mujer más valiente que había conocido nunca y que probablemente conocería.

Clara casi resopló a modo de burla, pero se controló-No soy valiente, Fred-dijo.

-Sí lo eres-dijo él simplemente-Supe que había mucho más en ti que lo que está en la superficie.

-Y todo eso lo supiste por nuestro único encuentro en el baño de Stan Hendrickson.

Fred se rio-Oh, no. Lo supe desde antes de sentarme a tu lado junto a su piscina-dijo.

Le miró a los ojos y sintió una pregunta en la punta de la lengua que no tuvo el valor de formular. Se preguntaba si él podría mirar en el interior de las almas de la misma forma que lo hacía ella, como su madre y su tía. Le asustaba preguntar.

-Bueno, estoy feliz de que no te dieses por vencido.

Fred le besó la palma de la mano, llevándola otra vez al camino que conducía a las profundidades del bosque.

-Me encantan los desafíos. Y valiste la pena.

Clara no sabía qué responder a eso, así que no dijo nada y le dio un beso en la mejilla. Juntos caminaron hacia los árboles. Clara ya no sintió la necesidad de ocultar sus ojos, por lo que se dejó las gafas de sol en la bolsa.

24
MALIBÚ, 2017

Clara sonrió para sí mientras sus invitados se movían por todas partes, dando vueltas entre ellos con cuidado. Les observaba sonreírse unos a otros y se dio cuenta de que a menudo parecía que estaban enseñando los colmillos. Se encogió de hombros. ¿Qué esperaba, que su primera fiesta en Hollywood fuese distinta de cualquier otra?

Los lirios flotaban en la piscina climatizada y las risas en su casa le llegaban hasta los oídos. No conocía a muchas de las personas que estaban allí comiendo. Bob hizo la lista de invitados y su asistente, Lila, dijo que todos ellos vendrían.

La nueva película de Clara, *La reina de Egipto*, fue un éxito. La joven sabía que ese era el motivo por el que los ricos y famosos llenaban su casa. Estos estaban allí para echar un vistazo a la actriz del momento. Clara sonrió. No se daban cuenta de que ella había venido para quedarse.

Bob Willoughby se marchó del lado de su esposa para estar en la guarida de la terraza. Clara se recostó en la barandilla y le esperó. Observó cómo la gente le miraba con renovado respeto. Su apuesta por lograr el poder del estudio iba bien.

Bob la tomó de la mano y la dio un beso en la mejilla.

-Estoy dentro, muchacha-dijo.

-¿De qué, Bob?

Este se rio y Clara se acercó más. Él nunca apartó la mirada de la multitud y mantuvo la voz baja, como si esperase que alguien le escuchara.

-Soy el director de Barnett Studios.

-Me estás tomando el pelo.

Este le sonrió y le guiñó un ojo-Asumí el cargo esta mañana-dijo.

Clara rio y la gente se giró para mirarla. Se dio cuenta de que la mayoría de ellos observaba a Willoughby, aunque fingían sonreírle a ella.

-¿Asumiste el cargo esta mañana y no me lo has contado hasta ahora?-Clara le miró con los ojos entrecerrados y fue el turno de Bob para reírse.

-Quería contártelo en la terraza de tu nueva casa, durante la primera hora de tu primera fiesta-Bob se inclinó y la besó en la mejilla-Tenías razón, muchacha.

-También conseguiré que seas rico. Espera y verás.

-No creo que tenga que esperar mucho si las cifras de Cleo se mantienen-se alejó con un pequeño saludo-Me voy a saludar a mi público.

Clara volvió a reírse. Aún lo hacía cuando sentía que alguien la tocaba el brazo. Pete, su antiguo amante, estaba a su lado, mirándola a través de sus gafas con montura de cuerno. Se había acercado a ella por detrás, tan silenciosamente que ella no le oyó.

Esta le sonrió y le tomó de la mano-Pete, me alegro de que hayas venido-dijo.

Él la miró y no sonrió. Cuando indagó en su mente para descubrir el motivo, se dio cuenta de que no le había visto durante seis meses. No había podido ponerse en contacto con ella mientras Clara se encontraba en el rodaje, y tras eso no siguió intentándolo. Nadie le había creído cuando dijo que era su amigo. Mientras la miraba, se dio cuenta por primera vez de que esa gente estaba en lo cierto.

Clara apreció todo aquello reflejado en sus pensamientos y estuvo tentada de sentirse culpable, pero lo que estaba haciendo tenía un precio. Su relación con Pete fue una de las víctimas. Habría más. Cuando se acordó de él, hace dos semanas, se aseguró de que su nombre fuese añadido a la lista de invitados. Ahora supo que ese gesto no fue suficiente.

-Felicidades, Clara-dijo.

-Gracias-Clara le tocó el brazo suavemente.

-Soy tonto, no tendría que haber venido.

Este intentó hacer un gesto informal, agitando una mano para abarcar su casa y a sus invitados famosos, pero solamente logró quitar su mano de la de ella.

Clara no sonrió ni apartó la mirada-Yo no diría que seas tonto-dijo.

-Esa es la razón por la que no te casarías conmigo, ¿verdad?-Pete miraba fijamente a los camareros que pasaban repartiendo copas de vino sobre bandejas de plata.

Ella supo que se refería a su reciente fama y a todo lo que esta conllevaba. Clara parpadeó sin comprender. Nunca se dio cuenta de que él estaba hablando en serio todas aquellas veces que le propuso matrimonio. Clara siempre había pensado que se trataba de una broma y se reía por ello. Ahora, mientras veía más allá de sus pensamientos superficiales por primera vez durante años, encontró en él lo que nunca había visto en nadie más.

Clara sintió una punzada de dolor que la dejó sin aliento, porque el amor de Pete por ella no la alcanzaba. No suponía nada.

-No, Pete. Ese no es el motivo.

-Te quiero, Clara-dijo con sencillez y dignidad.

Se vio deseando volver a amarle.

Clara le apretó la mano sin decir nada. Ese momento se

prolongó entre ellos y él simplemente la miró como si estuviese memorizando su rostro.

-Pete, si alguna vez necesitas cualquier cosa quiero que acudas a mí.

-¿Cualquier cosa?

Este le arqueó una ceja por encima de las gafas y ella estuvo tentada de reírse, como él pretendía. Sin embargo, Clara sabía que Pete se marchaba y no quería volver a verla nunca más.

La sonrisa de él se esfumó, extendió la mano y le acarició la mejilla con las yemas de los dedos. Clara supo, mientras hablaba, que este le estaba mintiendo.

-Lo haré, Clara-dijo.

Se alejó de ella y la joven sintió un dolor físico en el pecho. Se quedó sola en medio de su fiesta, escuchando reír y beber vino a gente a la que no conocía. Mantuvo su mirada sobre Pete, mientras aquel se movía entre la multitud, sin hablar con nadie, porque nadie le conocía. Clara se quedó sola cuando él desapareció, mucho después de que se marchara de su casa.

La industria del cine era un pañuelo, pero Clara jamás volvió a ver a Pete.

25

PALM SPRINGS, 2019

El desierto se extendía hacia las montañas que estaban a lo lejos. Clara se acordaba, por las largas caminatas que hizo cuando era una niña, que el desierto llegaba hasta las colinas y se extendía más allá de estas.

Se contuvo aguantando la respiración mientras conducían hacia su ciudad natal, y después, la soltó lentamente. Fred miró y le brindó una sonrisa. Sin embargo, no dijo nada, y Clara se dio la vuelta para mirar por la ventana de su Jaguar, agradecida por el silencio. Observó cómo los edificios de Palm Springs se erigían ante ellos como construcciones bajas que fueron hechas para mantenerse frescas en las abrasadoras temperaturas del desierto.

La joven se encontraba jugando con su pulsera de oro cuando se acercaron a la finca de su madre. Dejó de hacerlo, obligando a sus dedos a que estuviesen quietos. Atravesaron la puerta y condujeron por el largo camino, pasando por los jardines bien cuidados y los pinos, hasta la casa principal. Fred detuvo el coche Jaguar frente a los escalones de la entrada y Clara no se movió. Sintió como si su madre pudiese salir de la casa y saludarla, recibiéndola con indiferencia, vestida con sus eternas zapatillas blancas.

Clara se quedó quieta y observó cómo se abría la puerta principal de la casa. Una mujer con traje saludó a Fred cuando este salía del coche. Él le dio la mano antes de darse la vuelta para abrirle la puerta a Clara. La muchacha le miró, helada en su asiento. No creía que pudiera levantarse. Fred le tendió la mano y ella la tomó. La ayudó a levantarse, y una vez que lo consiguió, Clara retiró su mano y se quedó de pie por sí sola.

Se dio la vuelta para mirar la casa, sin escuchar a esa mujer que hablaba de las pistas de tenis, las hectáreas del jardín, el vestíbulo de mármol y los diez jacuzzi. Clara no necesitaba que le describiesen su propia casa.

Fred le dio las gracias a esa mujer y le preguntó si podrían ver la casa por su cuenta. La agente inmobiliaria asintió y desapareció con la tranquilidad de todos los buenos empleados. Darren se había vuelto a casar y su esposa quería que vendiese la propiedad de su primera mujer. Sin embargo, Clara se dio cuenta de que aquella no puso ninguna objeción para quedarse con los millones de su madre.

Clara entró en el vestíbulo de mármol por la puerta principal, aquella por la que habían sacado el cuerpo de su madre. Sus pasos resonaron sobre el suelo de piedra y Clara se detuvo durante un momento, sorprendida por encontrarse la casa vacía. Por supuesto, Darren había quitado los muebles y todas las antigüedades de su abuela.

Siguió andando y escuchó a Fred detrás de ella. Este no se movió para tomarla del brazo o hablar con ella, y otra vez, Clara agradeció eso. Entró en el invernadero y miró por las paredes de cristal hacia el jardín. Vio el desierto brillando más allá de los pinos que se encontraban en el extremo del césped.

-Me gustaría salir-dijo.

-Está bien.

Fred abrió la puerta que daba a la terraza y Clara abrió camino mientras paseaban por el exuberante jardín. Las plantas estaban tal como las había dejado su madre. Darren tenía poca utilidad para la jardinería y no se había molestado en cambiar nada.

Clara siguió caminando y Fred fue tras ella hasta que llegaron al extremo del césped y se detuvieron en la roca marrón del desierto con trocitos de arena movediza que pasaban en una ráfaga.

-Este lugar es bonito-la voz de Fred sonaba tranquila.

Clara se dio la vuelta para mirarle-Es precioso, ¿verdad?-dijo.

Él extendió la mano y le tocó el cabello, dejando que esta se deslizase por su mejilla. Clara giró la cabeza y apretó sus labios contra la palma de su mano.

-¿Quieres seguir viendo la casa, Clara?

La muchacha sintió el conjunto de emociones que atravesaban su rostro. Hace dos semanas se hubiese asegurado de que su expresión fuese una máscara amable. En el mejor de los casos le hubiese brindado una sonrisa irónica. Ahora permitió que el dolor asomase por sus ojos mientras le miraba.

-No. Recuerdo cómo es la casa. Solo quería volver a ver el desierto.

Él le dio un abrazo. Observaron cómo la arena volaba haciendo formas por la pared rocosa que tenían frente a ellos mientras el sol oblicuo proyectaba sus sombras en dirección a las montañas lejanas del este.

El antiguo teléfono fijo sonaba cuando entraron en la casa de Clara, y ella descolgó. Hacía mucho que Margherita se había ido a casa y las luces de los yates brillaban en la bahía de Malibú.

-¿Hola?

-Clara, por fin te encuentro. ¿Dónde has estado?

Esta frunció el ceño por un momento, tratando de averiguar quién le hablaba.

-Clara, soy yo, Chuck. ¿Dónde estabas?

La joven sonrió. Solamente su director favorito llamaría a su casa, sin hacer caso a su teléfono móvil.

-Eso no tiene importancia. ¿Qué sucede?

-Tengo un trabajo para ti.

Clara rio entre dientes-Chuck, no estás siguiendo las reglas. Se supone que los tuyos deben llamar a Donna y decírselo. Después ella me llama a mí, yo digo que sí, y luego ella te lo dice a ti a través de tu gente. Así funciona esto-dijo.

-¿Entonces lo harás?

-Trabajaría contigo incluso si estuvieses rodando una historia sobre detergente para la ropa. Sí, lo haré.

-¡Genial!

Clara escuchó la alegría en su voz, y esta era de verdad.

-No podré pagarte tanto como la última vez.

-Oh, lo sé. La última vez el estudio me estaba haciendo la pelota. En esta ocasión volverán a negociar.

Fred le sonrió desde el vestíbulo iluminado, desde donde se apoyó en la pared de caoba, mirándola.

-Es un gran guión, Clara. Es la historia de una madre y de una hija que se reconcilian tras años de resentimiento.

-¿Y yo seré la madre?

Chuck resopló al otro lado del teléfono-En serio Clara, te va a encantar-dijo.

-Lo sé. Envíamelo por mensajería por la mañana y dile a Donna cuándo necesitas que firme el contrato.

-¿No quieres mirar el guión esta noche?

Clara casi se rio por la impaciencia en la voz de Chuck, pero el respeto que le tenía la hizo permanecer en silencio. Se recostó en los brazos de Fred mientras sus labios bajaban por su cuello.

-Esta noche no, Chuck. Mañana será lo suficientemente pronto.

~

A la mañana siguiente, temprano, Fred encontró a Clara de pie en la terraza, mirando hacia la bahía. Le había dado el día libre a Margherita y al resto del personal y ahora se hallaba inquieta. Fred le puso la mano sobre la parte baja de la espalda y ella inclinó la cabeza para recibir su beso. Él vio que aún estaba preocupada y le rozó el hombro.

-He leído el guión-dijo.

-¿Ya?-Fred arqueó una ceja-¿Cuándo te lo envió Chuck?

-Lo recibí al amanecer. Probablemente pensó que los criados estarían aquí-se apoyó en la barandilla y miró las aguas azules de la bahía.

Ayer había estado lloviendo y la contaminación que normalmente se cernía sobre el agua había acabado en el mar.

-¿Qué te ha parecido el guión?

-Es brillante.

Clara se dio la vuelta, con el rostro ilegible salvo por el dolor en sus ojos.

-Es la historia de una madre que nunca está cerca y de su hija adulta que decide perdonarla.

-Eso me resulta muy familiar.

-Nunca he dicho que perdonase a mi madre.

-No. Nunca lo dijiste.

Clara le miró y esperó sentirse asfixiada por la ira. Sin embargo, no se enfadó y se dio cuenta de que él tenía razón. Había perdonado a su madre hace mucho tiempo. Su progenitora había sido tan egoísta que realmente no vio a nadie ni a nada más que lo que ella quiso. Pero su tía había sido su principal pilar y su refugio, la única persona de la que estaba segura que jamás la abandonaría.

Fue la marcha de la tía April lo que no pudo perdonar.

Clara se apoyó en él, con la cabeza en su pecho mientras Fred le acariciaba el cabello. Este habló como si estuviera escuchando exactamente lo que ella pensaba. De vez en cuando hacía eso, y ahora parecía algo natural.

-Quizá tu tía vea la película una vez que esté hecha-dijo.

-Mi tía no va al cine.

-Podría ir a ver esta película.

-Fred, quédate al margen.

Este le pasó las manos por el cuerpo-Vuelve a la cama-dijo.

-Lee primero el guión.

-¿Tan bueno es?

-Sí.

La tomó de la mano, llevándola hacia la casa.

-Ahora lo leo-dijo.

26

MALIBÚ, 2020

CLARA DESCOLGÓ SU TELÉFONO MÓVIL AL PRIMER TOQUE. Margherita y Paolo se habían marchado por la tarde y Fred aún no había vuelto a casa. La muchacha pasó el día tumbada junto a la piscina en lo que fue su primera jornada tranquila desde su reciente gira de promoción para su última película, *El lento ascenso.*

-¿Clara?

Donna estaba sin aliento al otro lado de la línea y Clara sonrió. Su representante nunca se aceleraba a no ser que se estuviese gestando algo importante.

-Hola Donna. ¿Qué tal tu viaje a Biarritz?

-Genial, bien, sí, estupendo. Escucha, tengo algo que decirte.

-Estás embarazada.

-Demonios, no-Donna se atragantó al tomar el bourbon.

Clara la oyó balbuceando y tapó el auricular para que Donna no escuchase su risa.

-No, Clara, es algo mucho más grande que eso.

-¿Qué?

-Has sido nominada…

-A los People's Choice Awards. Lo sé, mi público siempre es fiel.

-No, escúchame-Donna respiró profundamente.

Clara incluso la oyó dejando su bebida.

-Estás nominada a los Premios del Sindicato de Actores.

Clara escuchó durante un rato largo silencio en la línea telefónica. Pensaba que no había oído bien.

-Donna, venga ya, eso es una basura.

-En realidad no, Clara. No te mentiría en nada y menos en algo como esto. El Sindicato de Actores te ha nominado. Me llamaron y me lo dijeron hoy. Lo anunciarán por la mañana.

-¿Quién te llamó y quién te lo contó?-Clara entrecerró los ojos.

Donna volvió a sostener su bebida y agitó el hielo de la copa-En realidad no puedo decirlo-dijo.

-Así que lo anuncian mañana y tú lo sabes hoy.

-Sí.

-Mierda.

-Felicidades, Clara.

Clara parpadeó por la sincera admiración que destilaba la voz de su representante.

-De verdad que te lo mereces.

-Gracias, Donna.

Fred entró por la puerta principal con una docena de rosas, todas ellas amarillas con las puntas rosas.

-Tengo que irme-dijo Clara-Gracias por contármelo. Mañana te veo.

-Avísame sobre el vestuario que te gustaría llevar. La semana que viene veremos a algunos diseñadores.

-Está bien, Donna, gracias.

Clara colgó el teléfono y vio que Fred dejaba las rosas con un ademán.

-No vas a creerlo-dijo.

-Inténtalo- Fred sonrió, y sus ojos brillaron mientras le daba un beso en el cuello.

-El Sindicato de Actores me ha nominado por mi interpretación en *El lento ascenso.*

-Eso he oído-Fred seguía sonriendo.

-¿Cómo es posible que Donna y tú lo sepáis y yo no tenga ni idea?

-Así es este negocio, muchacha.

Esta le golpeó en el brazo, pero él la abrazó con más fuerza.

Chuck le dio a Clara un beso en la mejilla. Estos se encontraban entre bastidores en la ceremonia de los Premios del Sindicato de Actores. Clara ya había recibido su premio a la mejor actriz en un largometraje. Le sorprendió haberlo ganado. La mayoría de la gente de Hollywood veía sus películas y ponía los ojos en blanco. Por supuesto, la última película que había hecho con Chuck era diferente a todas las demás.

-Felicidades otra vez, Clara. Te lo mereces.

-Gracias, Chuck-Clara le sonrió, resistiendo el impulso de apartarle el flequillo de los ojos.

-Tengo otro proyecto del que me gustaría hablarte.

-Chuck, me voy a tomar unos meses de descanso.

-¡Oh, eso es genial! Necesito unos seis meses para terminar el guión.

-¿Lo estás escribiendo tú mismo?-Clara arqueó una ceja.

-Ya lo tengo escrito. Ahora lo estoy reescribiendo para ver si puedo sacar algo con lo que tanto el estudio como yo podamos vivir.

Clara se rio por sus palabras.

-Si alguien puede hacerlo ese eres tú. Probablemente acabes ganando un Óscar por ello-dijo.

Este se sonrojó y Clara le sonrió.

-Dime solo que lo mirarás cuando esté listo.

-Sabes que sí.

Una mujer esbelta se acercó a él y le tendió la mano. Esta debía llevarle de vuelta hasta su asiento. Chuck no era un miembro del Sindicato de Actores, pero Clara le había incluido en el banquete de los premios de todas formas.

-¿Te veré después en la fiesta de Bob?-preguntó Chuck mientras se alejaba.

-Sí.

Fred se acercó por detrás blandiendo su trofeo.

-Fred, pensé que te quedarías entre el público y sonreirías para apoyarme en el caso de que aparecieses en pantalla mientras yo hablo.

Este rio entre dientes, pasando la mano que tenía libre por su espalda.

-Prefería estar otra vez aquí contigo-dijo.

Clara se giró hacia él, con la mirada fija en sus labios-¿Crees que podríamos escabullirnos por algún sitio y besarnos antes de que deba continuar con la ceremonia?-preguntó.

-No creo que tengamos tiempo-rio.

Pasó la mano por la seda de su vestido, rozando con los dedos su espalda desnuda. Clara se estremeció.

-Clara, tengo que contarte algo.

Esta sonrió ante su tono de voz serio. No se acordaba de la última vez que se había sentido tan alegre.

-¿Qué?-preguntó.

-Tu tía está ahí fuera.

-¿Qué?

-Tu tía April está entre el público.

Clara respiró profundamente y soltó el aire despacio.

Fred mantuvo la mirada sobre su rostro-Quería una entrada y yo le conseguí una-dijo.

-¿Ha venido sola?

-Sí.

Clara se apoyó en él-No debiste entrometerte, Fred-soltó.

-Sí, tuve que hacerlo.

Le miró a los ojos y no vio nada más que amor por ella en estos.

-Ha sido algo muy prepotente de tu parte.

-Así es.

-Nadie mete las narices en mis asuntos familiares.

-Yo lo acabo de hacer.

Clara suspiró profundamente, sintiéndose cansada de pronto.

-Cariño, a ella le ha encantado la película. Quiere volver a verte. Y yo quiero que hables con ella más tarde.

Clara desvió la mirada hacia la mujer que se acercaba a ella-Lo pensaré-dijo.

-Eso es todo lo que pido.

La joven sintió que le rozaba el cabello con los labios. Después se dirigió al escenario. Se subió a este, recibida con aplausos mientras caminaba bajo los focos calientes. Mostró su sonrisa de cine a las cámaras que no podía ver. Se quedó quieta en el estrado, hablando sin esfuerzo alguno a la multitud de actores que estaban frente a ella, algunos de los cuales respetaba realmente.

Mientras hablaba miró a la muchedumbre, y más allá de las luces vio a April sentada sola, con el actor de Shakespeare, James Simpson, a un lado, y Pat Mulligan al otro. Ambos hombres no miraban hacia el escenario, sino que tenían la mirada puesta sobre su tía. Clara miró el sobre que tenía en la mano para no perder el hilo de sus pensamientos y distraerse con las conquistas de April.

Cuando volvió a levantar la vista se topó con la mirada de su tía a lo lejos, en la distancia que había entre ellas. Los ojos de April brillaban y Clara sabía que estos estaban llenos de lágrimas sin derramar. Sintió las mismas lágrimas en sus propios ojos y se preguntó qué pensaría de ellas la gente que veía la televisión. Seguramente no se creerían que estuviese conmovida por la mejor actriz de una miniserie.

Clara leyó el nombre de la mujer que había ganado el premio y dio un paso atrás cuando aquella vino a recogerlo. Mientras la mujer daba su discurso, la mirada de Clara jamás se apartó del rostro de su tía. En ese instante, April se secó los ojos y Pat Mulligan se inclinó y le ofreció un pañuelo que tenía en el bolsillo. Su tía lo aceptó amablemente.

April y Clara se sonrieron y Clara sintió un alivio en el corazón. Salió del escenario con la ganadora del premio, que lo llevaba a cuestas. Cuando llegó hasta donde se encontraba Fred, le besó en la mejilla.

-¿Eso quiere decir que irás a verla?-preguntó.

-Sí.

Fred la tomó en sus brazos y la besó, ajeno a la gente que les rodeaba. Clara no se apartó.

27

MALIBÚ, 2020

CLARA SE HUNDIÓ EN EL JACUZZI Y SUSPIRÓ. EL AGUA TIBIA hacía burbujas a su alrededor, calmando sus músculos cansados. Se sentía bien, pero la noche había sido larga. Estar cara a cara con su tía en la sala de espera después de la ceremonia fue más difícil de lo que esperaba.

Aún podía sentir los fríos labios de su tía en la mejilla. Fred se había quedado al margen, lo bastante cerca para darles apoyo, pero lo suficientemente lejos para brindarles un momento de intimidad.

La tía April lucía serena con su vestido de seda azul y el cabello en un seguro recogido francés. Pat Mulligan la estuvo mirando con más que un poco de interés, pero April no se había dado cuenta.

April le tocó la mano a la joven-Estoy orgullosa de ti, Clara-dijo.

-Gracias-respiró profundamente, sabiendo que no podía permitirse llorar frente a todos estos actores, algunos de los cuales deseaban que le fuese mal.

-Tu madre también habría estado orgullosa de ti.

Clara tragó saliva y bajó la mirada hacia la alfombra carmesí. Fred dio un paso adelante y le puso la mano en la parte baja de la espalda. La muchacha sintió que sus fuerzas fluían y se enderezó con los ojos secos. No tenía palabras para salvar el lapso de diez años, para salvar ese espacio de pérdida y de dolor. Con ese contacto Clara dio el primer paso.

Clara, que nunca había tocado a una mujer de forma voluntaria, que se protegía como si fuese una ciudadela, extendió la mano y besó a su tía en la mejilla. Aquella se quedó quieta. Aunque tenía los ojos brillantes, April sonrió.

La mujer apretó la mano de su sobrina-El chófer me está esperando. Tengo que tomar un vuelo-dijo.

-Por supuesto.

April le tocó la mejilla-Me voy a Palm Springs. Me gustaría que nos reuniésemos allí un día, si tienes tiempo-explicó.

Clara sintió la mano de Fred haciendo presión fuerte sobre su espalda y sonrió. No necesitaba que la alentasen.

-Claro que sí, allí estaré-se escuchó decir a sí misma.

La gente estaba esperando para felicitar a la joven, de modo que April le apretó la mano y desapareció entre la multitud.

Clara pasó el resto de la velada estrechando manos, dando besos en mejillas y agradeciendo a todo el mundo sus buenos deseos y sus votos. No pudo recordar a quién más había visto esa noche después de que su tía se marchara, salvo a Pat Mulligan. Este le había besado la mano y le había susurrado al oído su enhorabuena con el acento suave que siempre la hacía temblar. Vio a Fred frunciendo el ceño mientras Pat se alejaba y se rio.

-Está casado, Fred.

Este la miró con una sonrisa sarcástica-¿Desde cuándo eso ha sido un problema para ti?-preguntó.

Ella se dio la vuelta y le besó, sin prestar atención a la gente que les miraba.

-Dejé de hacer esa clase de cosas cuando empecé a estar contigo-dijo.

Fred la atrajo hacia él, con el brazo alrededor de su cintura. Mantuvo esta posición hasta que Donna les llevó al coche que les estaba esperando afuera. La representante sonrió al ver que Clara estaba tan obviamente enamorada, pero supo que era mejor no hacer comentarios al respecto.

-Mañana te llamo, Clara.

-Que no sea antes del mediodía.

Donna se rio lanzando una mirada de soslayo a Fred.

-Claro que no-dijo.

Clara también rio cuando su limusina se alejó de la acera.

Sus pensamientos regresaron al presente mientras se apoyaba en el borde de la bañera y miraba a Fred saliendo desnudo de la habitación y entrando a la terraza de madera de cedro. Observó el conjunto de sus músculos mientras se deslizaba en el agua a su lado. Este le dio una copa de chardonnay y la besó. Ella tomó el vino pero rechazó el beso. Si él quedó sorprendido por aquello, no lo demostró, sino que se recostó y la miró.

Clara admiraba el cielo nocturno. Se podían ver algunas estrellas débiles más allá de las luces brillantes de la ciudad. Una brisa cálida le revolvió el cabello y suspiró. Fred se sentó como esperando a que ella tomase la palabra. Clara le devolvió la mirada a la luz de las velas mientras tomaba un sorbo de vino.

-Fred, necesito que me respondas sin rodeos.

-Eso está bien. Yo solo doy respuestas directas.

-¿Cómo supiste que quería volver a ver a mi tía?

Este no respondió, sino que se tomó el vino y dejó la copa en el borde del jacuzzi.

-Me he esforzado en evitarla casi toda mi vida, pero pese a ello, supiste que quería volver a verla de algún modo.

Fred se encogió de hombros, en un gesto que Clara supo que había tomado de ella.

-Me la jugué.

-No lo creo. Nunca te la juegas. Siempre sabes cuál será el resultado de todo lo que haces antes de meterte en ello.

-Clara.

Ella levantó una mano y él se calló.

-Déjame acabar. Tú sabías que tu otro proyecto recaudaría más dinero para el estudio que mi drama de época. Mi película generó mucho dinero gracias a Chuck, pero tu thriller espacial generó más.

-Eso solamente significa conocer cómo funciona el mercado, Clara.

Ella le miró sin apartar los ojos de su rostro. Él también la miraba y el silencio se extendió entre ellos. Clara volvió a hablar, sintiendo que este estaba listo para contarle la verdad.

-Aquello fue algo más que una investigación de mercado, ¿verdad, Fred?-su voz era engañosamente tranquila. La joven sentía el latido rápido de su pulso, y respiró profundamente en un esfuerzo por estabilizarlo.

-Sí, fue algo más que una investigación-él no dejó de mirarla.

Clara se sintió un poco mareada y supo que se trataba de algo más que agotamiento. Por primera vez en su vida tuvo miedo. No recordaba haberse sentido así con anterioridad, salvo quizá cuando vio morir a su madre.

-Tú puedes entrar en la mente de las personas, ¿verdad?-preguntó ella.

Durante un momento Fred se quedó callado, pasando los dedos por el borde de su copa de vino.

-¿Qué quieres decir exactamente?

-Cuando tú miras a una persona puedes leerle la mente. Puedes saber lo que está pensando, qué le motiva, qué quiere y qué planes tiene para conseguirlo. Puedes ver el interior de su alma.

-No suelo mirar de forma tan profunda-dijo él.

Su respuesta quedó solitaria en el silencio que llegó después. Clara pudo escuchar el sonido del reloj de caja desde su ubicación en la sala de estar. A lo lejos oía el ruido del tráfico en la autopista. Pero no podía escuchar los pensamientos de él, como siempre.

-Me has leído la mente, ¿verdad?

-Sí-él no inmutó ni apartó la mirada de su rostro.

Clara se quedó quieta. Sospechaba que él tenía el don y ahora lo sabía. Estaba entumecida, como si hubiese corrido un kilómetro sin botas por la nieve. Sabía que el dolor seguiría ahí cuando el entumecimiento desapareciese.

Fred la estaba tocando y tenía las manos como siempre. Le inclinó la barbilla hasta que ella le miró a los ojos. Le sostuvo la mirada y no dejó que la apartase.

-Te quiero, Clara. Te leí la mente durante la noche que nos conocimos y te he querido desde entonces.

-Puedes saberlo todo sobre mí. Y siempre ha sido así-la voz de Clara era acusadora, pero esta no se alejó. A ella misma le sonaba como si fuese una niña enfadada. Durante un momento pensó que lloraría.

La atrajo hasta él, que estaba apoyado en el borde, y acunó su cabeza sobre su pecho-Eso no es algo tan malo, Clara. Estás aprendiendo a ver las cosas buenas que hay en ti. Yo las vi desde el principio-dijo.

-¿Sabes que yo también puedo leer la mente de las personas?

-Sí, pero no sé por qué nunca pudiste leer la mía. Si lo hubieses hecho, creo que llevaríamos juntos mucho más tiempo.

Clara se rio a su pesar-No, te hubiese echado de la ciudad-dijo.

Él también se rio-Y un cuerno. Esta ciudad es lo bastante grande para dos videntes-soltó.

Clara se quedó callada por un rato, con la mente aturdida y el corazón lleno, escuchando el sonido del mar que estaba bajo su casa mientras aquel subía y bajaba. Su movimiento eterno la calmaba, la adormecía, tal como hacían las manos de Fred al tocarla. No podía ver el interior de su mente ni de su alma, así que tendría que confiar en sí misma y confiar en él. Tendría que seguir sus instintos.

-¿Cómo sabes que nosotros somos los únicos?-preguntó Clara, con el miedo y la furia esfumándose en la calidez de su sonrisa.

-No lo sé.

Fred vio la expresión de terror en el rostro de Clara y sonrió.

28

PALM SPRINGS, 2020

Clara se encontraba en la terraza delantera de la casa de su madre. Había venido sola, como April le pidió. Fred se reuniría con ella más tarde durante esa mañana, para darle así un poco de tiempo a solas con su tía en la casa donde pasó su infancia.

Clara miró hacia el jardín delantero que estaba tan cuidado como siempre. El césped parecía terciopelo espeso, y en la zona donde habían estado dando los aspersores la muchacha vio el agua acumulándose en forma de rocío. El Lincoln alquilado por April estaba aparcado en la entrada circular. Clara esperó a que llegase la agente inmobiliaria, pero no vino nadie.

La puerta principal de la casa se abrió y salió April. La llave de la casa estaba en el mismo llavero de plástico que tenía la agente inmobiliaria la última vez que Clara estuvo allí.

April se quedó en la entrada, en silencio. Clara escuchó el zumbido del aire acondicionado en el interior de la casa.

-He llegado pronto-Clara tenía la voz ronca.

La muchacha se aclaró la garganta y le resultó difícil hablar con April después de estar tantos años separadas.

Tenían tanto que decirse tras tanto tiempo que aquella simple conversación suponía un esfuerzo.

Clara reparó en un destello plateado en el cabello de su tía cuando April giró la cabeza para mirar por el jardín delantero, y se acordó de su madre. Jessica se hubiera teñido el pelo antes de que se viese de color plateado.

-Me alegro de que estés aquí-April se topó con la mirada de Clara.

Esta entró en la casa y Clara la siguió, aunque se mostraba reacia a volver a entrar ahí. Se preguntó quién habría comprado el inmueble y cómo soportaría estar otra vez allí con su tía, aunque fuese una hora.

Clara entró y April cerró la pesada puerta de caoba tras ella.

-¿Vendrías al invernadero?-preguntó April-Sé que era tu estancia favorita de la casa.

-Está bien.

La luz del sol de la mañana entraba oblicuamente a través de las gruesas ventanas de vidrio. Hacía calor en el lugar, como siempre, pese al aire acondicionado que funcionaba a toda velocidad. Clara sonrió mientras miraba por las ventanas. Vio el desierto brillando en el extremo del jardín. Muchas cosas habían cambiado, pero el desierto siempre estuvo ahí. Verlo y sentir ese calor la consoló.

Clara habló y le salieron las palabras con más facilidad que antes.

-Las cenizas de mi madre fueron esparcidas en este desierto-dijo.

-Lo sé.

Clara se giró para mirar a su tía y vio el dolor en su rostro.

-April, ¿tú odiabas a mi madre?

April comenzó a llorar en silencio, pero su expresión no cambió. Las lágrimas caían a borbotones por sus mejillas. Parpadeó para ver más allá de estas, aunque no les prestó atención.

-Yo la quería mucho-dijo.

-Me pregunto si ella te quería-Clara se sorprendió por su propia crueldad. No retiró sus palabras una vez dichas, sino que dejó que permaneciesen en el aire. La niña de doce años que todavía vivía en su interior quiso escuchar la respuesta de su tía.

-Eso nunca lo sabremos, Clara.

-No, supongo que no.

Clara se acercó a la ventana y apretó la mano contra el cristal. Este estaba caliente al tacto. A lo lejos las montañas parecían un espejismo mientras el calor de la mañana se elevaba en oleadas ante ellas.

Clara volvió a hablar en voz baja-Me pregunto si ella me quiso-dijo.

April se acercó a la hija de su hermana. Clara se encontró con el abrazo de su tía y se quedó rígida durante un rato largo, incapaz de respirar. Después, el olor del perfume de su tía traspasó sus defensas y suspiró, apoyándose en ella. No había tocado a April de aquella forma desde que cumplió doce años, desde el día en que aquella se marchó.

Los brazos de su tía eran el refugio de su infancia. April estaba delgada y tenía los brazos esqueléticos, pero Clara nunca se sintió tan segura en ningún otro lugar. Ni con ningún otro hombre que no fuese Fred, y sin duda con ninguna otra mujer. La seda de color verde manzana del traje de April estaba suave sobre la mejilla de Clara.

April dejó de llorar-Jessica tomó muchas malas decisiones, pero siempre te quiso-dijo.

Clara retrocedió para mirar a su tía a la cara. Se abrió para ver el interior de su pensamiento, para ver si ella decía la verdad. Como siempre, la mente de su tía era una puerta cerrada para ella.

April puso su mano sobre la mejilla de Clara y secó sus lágrimas. La joven no sabía si April estaba diciendo la verdad, pero sí sabía que su tía quiso que creyera que Jessica la había querido, pese a que pareciera lo contrario.

Quizá Jessica hubiese querido a su hija del mismo modo que una niña mimada quiere a su muñeca favorita, una muñeca que solo de vez en cuando recuerda sacar de su baúl de juguetes.

Por primera vez en la vida de Clara, el recuerdo de su madre no le causó dolor. Sonrió a su tía y April se alejó y metió la mano en su bolso Hermes. Clara empezó a buscar su bolso, pero April la detuvo y le secó las lágrimas con su propio pañuelo. La joven se quedó quieta y dejó que lo hiciese.

April se secó todas las lágrimas-Tengo noticias que darte, Clara-dijo.

-¿De qué se trata?

-He comprado la casa-la sonrisa de April era radiante y carente de dolor.

-¿Qué casa?

-Esta. La casa de tu madre. La casa de mi madre.

Clara dio un paso atrás con las rodillas débiles. Se hubiera sentado en el suelo de parquet, pero se quedó de pie por costumbre.

-¿Has comprado esta casa?

April se rio un poco, moviendo la cabeza para que sus pendientes bailaran.

-¿Crees que dejaría que la comprase un extraño? Tu madre nació en esta casa. ¿Lo sabías, Clara?

-No, no lo sabía.

-Nació aquí porque nuestra madre era demasiado terca para ir a la ciudad. Insistió en tenerla en casa. Dijo que los médicos no le habían ayudado en nada cuando yo nací, y que estaría perdida si dejaba la comodidad de su cama para reunirles una segunda vez-dijo April y se rio-Así que papá trajo aquí a un grupo de médicos. Por supuesto, cuando regresó con ellos, tu madre ya había nacido y estaba envuelta en una manta-April rio con más fuerza-Papá estaba muy enfadado y mamá le dijo: "¿Esperas que retrase a la naturaleza por ti, Seymour?"

Clara se rio de aquello. Nunca antes había escuchado historias sobre sus abuelos. Guardó esa sabiduría para ella, para sacarla otra vez más tarde, cuando estuviera sola.

April abrió la puerta de la terraza y salieron.

-¿Te gustaría dar un paseo hasta el desierto?-preguntó.

Clara asintió con la cabeza y se pusieron a caminar una al lado de la otra, con la hierba fresca bajo sus pies, combatiendo el calor de la mañana.

-Desde ahora viviré aquí parte del año-April no perdió la oportunidad de hacer las cosas bien-Quiero que tengas una llave para que puedas venir aquí cuando lo desees. En ocasiones Hollywood puede ser duro. En tal caso puedes regresar a casa.

Clara dejó de caminar. Miró a su tía a los ojos y descubrió que su voz la había abandonado.

April perdió la sonrisa-Prométeme que vendrás-pidió.

-Vendré. Lo prometo.

Hicieron el resto del camino hasta el desierto en silencio. Allí las encontró Fred media hora después. Dos mujeres esbeltas, juntas, de pie, en la orilla del desierto, con la luz del sol brillando sobre sus cabellos rubios.

Observaron cómo el sol se elevaba sobre las montañas a lo lejos. Este las cegó con su resplandor.

Querido lector,

Esperamos que hayas disfrutado leyendo *El lento ascenso de Clara Daniels*. Tómese un momento para dejar una reseña, incluso si es breve. Tu opinión es importante para nosotros.

Atentamente,

Christy English y el equipo de Next Chapter

SOBRE LA AUTORA

Licenciada por la Universidad de Duke, Christy English es autora de las novelas de ficción histórica *The Queen's Pawn* (2010) y *To Be Queen: A Novel of The Early Life of Eleanor of Aquitaine* (2011), publicadas por New American Library, una división de Penguin Random House. También ha escrito dos series de novelas históricas y románticas para Sourcebooks Casablanca: *Shakespeare in Love* (2012-2013) y *Broadswords and Ballrooms* (2015-2016). Cuando no está escribiendo le encanta caminar por los senderos de las montañas cercanas a su casa, en el oeste de Carolina del Norte.

El Lento Ascenso De Clara Daniels
ISBN: 978-4-86751-969-1

Publicado por
Next Chapter
1-60-20 Minami-Otsuka
170-0005 Toshima-Ku, Tokyo
+818035793528

14 Julio 2021

www.ingramcontent.com/pod-product-compliance
Lightning Source LLC
LaVergne TN
LVHW091414190726
843491LV00006B/1415

* 9 7 8 4 8 6 7 5 1 9 6 9 1 *